U0895086

我的灵魂很严肃

刘土呆 / 著

CNS PUBLISHING & MEDIA
湖南文艺出版社 HUNAN LITERATURE AND ART PUBLISHING HOUSE
博集天卷 CS-BOOKY

烧鸡

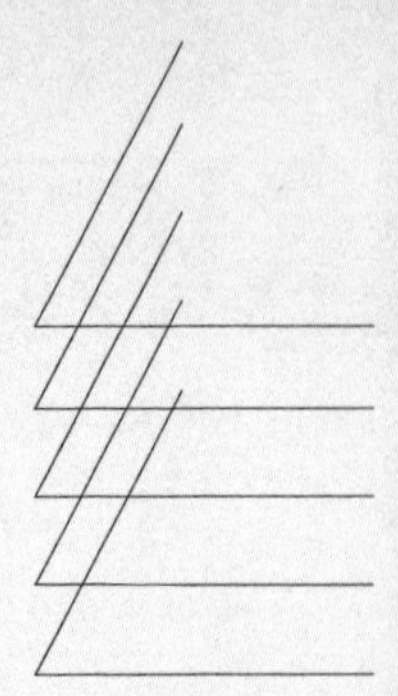

为什么其他的鸡不会围着受伤的同类？

为什么它的老公不去抚尸痛哭？

为什么它们不逃走？

为什么它们不报复人类，却还居住在这里？

——《**鸡被吃的意义**》

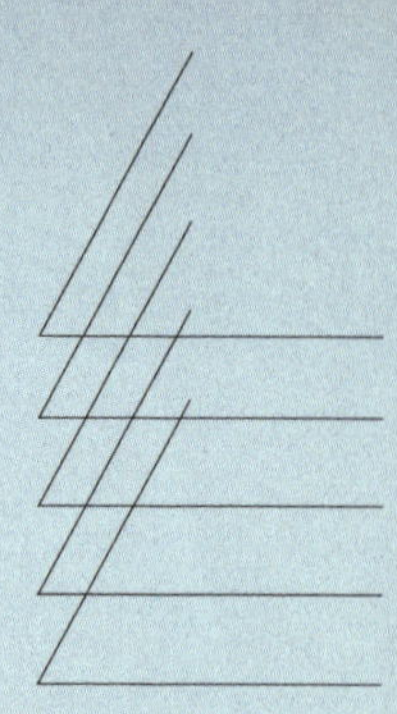

“他们虽然富有，却没有办法离开，

只能生生世世在这里吸霾。

他们也真是可笑，中年以上的人从来不戴口罩，

在霾中广场舞太极拳照练不误。”

——《飘族与霾族》

/ 我的灵魂很严肃 /

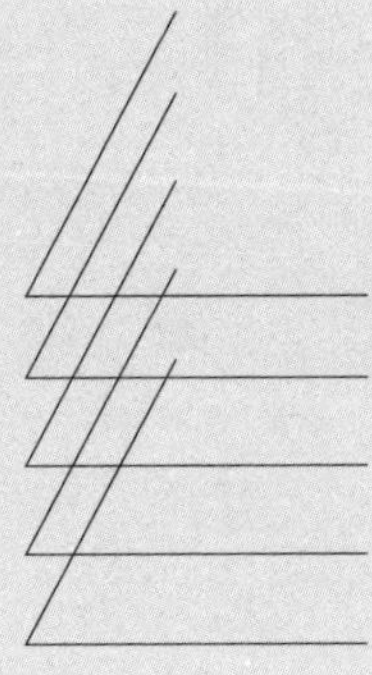

小娇没想到托米突然把脸放下来，

一只大手摸在自己脑袋上，

语重心长地说了句：“你要乖。

——《**集团的秘密**》

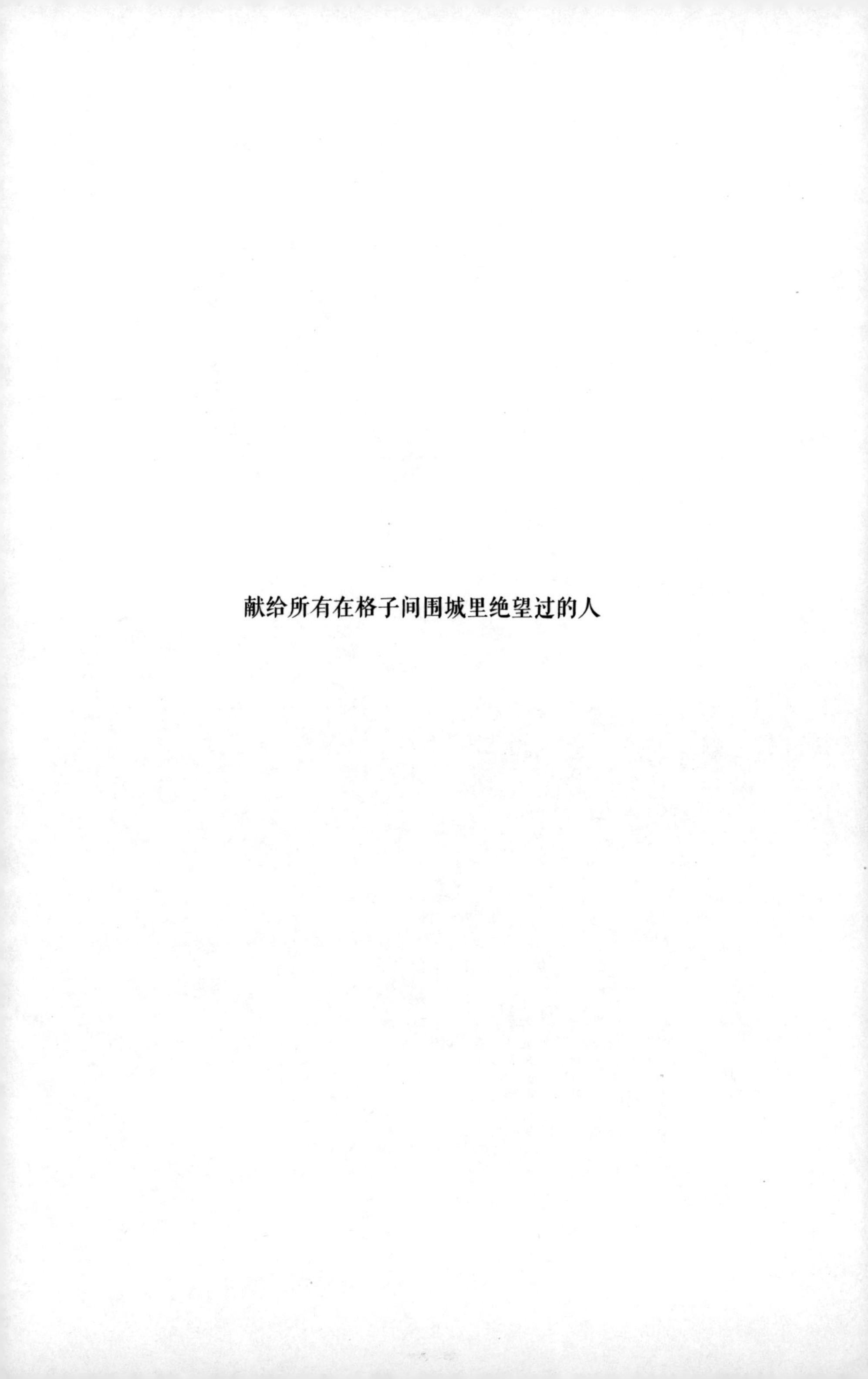

献给所有在格子间围城里绝望过的人

contents

目录

谜之世界

/ When I talk,I am quite serious /

/ 我的灵魂很严肃 /

谜之人物

/ When I talk,I am quite serious /

/ 我的灵魂很严肃 /

/ 我的灵魂很严肃 /

谜之世界

//

世界那么大，一不小心，
还是掉进自己的脑洞里。

/ When I talk,I am quite serious /

01.

鸡被吃的意义

鸡的存在有着什么意义，我不知道，但鸡的被吃，有着莫大的伦理学意义。

在此先感谢我某个午饭后的脑洞，和同事小黄孜孜不倦的讲解。

那日，我的乡土知识小百科同事小黄又一次讲起了她《呼兰河传》般的童年，讲到“爷爷在前面浇水，我在后面浇水，爷爷在前面喂鸡，我在后面喂鸡……”时，我突然想到了什么，问道：“家里养鸡，一般养几只？”

小黄：“五六只。”

我心中一凛，想到一个严重的问题：“那么这五六只里，有几只公的，几只母的？”

小黄答道：“一只公的，其余都是母的。”（果然……）

我：“果然爽得很，鸡竟是三妻四妾的……不过，这些鸡意识得到自己是夫妻吗？它们能觉得自己是一个家庭吗？”

小黄愣了一下，随即答道：“它们知道自己是夫妻，因为如果某家的公鸡上了别人家的母鸡，别人家的公鸡就会前来打架。我们小时候看到的公鸡打架，多半就是因为某只公鸡上了不该上的母鸡。”（原来如此，醍醐灌顶。）

我：“那么，它们有很强的家庭意识的呀！那如果家里面来客人杀鸡，岂不等于今天死三老婆，明天死老公，对于它们来说，岂不是很凄惨？”

小黄又愣了一下，纠正道：“一般不杀公鸡。”

我：“哦，是，老公得留着。那这个月死三老婆，下个月死大老婆，这一家也够惨的呀。”

小黄：“这……”

我继续：“还有，隔三岔五它们的孩子就会被取走……这一家人是有多不幸……”

小黄无言，她自小家里来客人就杀鸡，平日里每天早上吃一枚鸡蛋，只觉得这些是自然而然的事情，更不会联想什么。

我继续追问：“那么是什么决定了这一窝鸡里面谁被杀？也就是说，杀三老婆还是大老婆，有必然吗？”

小黄：“有的。在决定杀谁的时候，要在它们的产蛋量和肉质之间取一个平衡。如果一只鸡的产蛋量还是在上升的，那么必不会被杀。如果它的产蛋量开始下降了，就有可能被杀。但如果太老了，肉无法烧着吃，便也无法待客，也就留待将来做老母鸡汤了。”（我想到了所谓的老母鸡汤，心里有些寒意。）

小黄补充道："还有，如果这家的公鸡很不听话，总是跟别的公鸡斗，总是要主人去道歉，那这次就会杀公鸡，再重新买一只小公鸡补上。"（公鸡，你别得意。）

我感到这对于其他鸡来说非常残忍，问道："那，你们杀鸡时会把鸡拿到一边吗，其他鸡知道发生了什么吗？"

小黄一脸暴汗："不会刻意避开，而且，杀完之后它们还会扑腾一阵子，搞得乱七八糟，所以会被扔回养鸡的地方。"

我正义感爆棚："那其他的鸡就看着三老婆垂死扑腾？你们不觉得残忍吗？"（怎么可以杀鸡鸡！你们……就不能不让它们看吗？可恶的人类！我几乎化身鸡的代言人，要代表家鸡觉悟、反抗！）

小黄："不觉得，因为它们很麻木，几乎没有反应，所以我们也就不会觉得残忍。如果它们有反应，我可能会有同情心，觉得自己残忍。"

我对这种麻木有些不解："没反应？那一窝母鸡到底分不分谁是大老婆谁是三老婆？公鸡有自己特别宠幸的母鸡吗？"

小黄："有的。至少在一个固定时期会特别宠一个。"

我："评判标准呢？"

小黄："颜值。但是是它眼里的颜值。"

我不甘心地问道："既然爱过，那么在杀三老婆的时候，公鸡反抗

我的灵魂很严肃

我的灵魂很严肃

吗，率妻杀敌吗？”

小黄：“没有。”

我的心在颤抖：“为什么其他鸡不会围着受伤的同类？为什么它的老公不去抚尸痛哭？为什么它们不逃走？为什么它们不报复人类，却还居住在这里？”

小黄：“我说了，它们没有感情，很麻木的，它们看到鸡扔进来了，会本能地躲到一边去。因为那个鸡会扑腾，它们害怕。”

我拍案，哀其不幸怒其不争：“靠，老婆死了都不报复人类，算什么公鸡？！老公死了都不一窝鸡冲上去啄主人吗？啄不了大人也可以啄你们这些小孩，总之一定也是能报复的！”

小黄：“你说的老婆出事儿了会拼命，老婆死了天天守着不走的那个品类，是外面的野鸡。家鸡是没有这些反应的，它们是很麻木的。”

我好像突然懂了：“所以说，野鸡是会保护老婆的，也会围着老婆的尸体的？”

小黄：“对呀，你就看看外面的鸟，老婆没了它还要围着尸体一圈圈飞，更何况野鸡呢？外面的动物才是有感情的呀！”

我：“那家鸡为什么不走？为什么不到野外去？”

小黄：“野外危险哪，谁保护它们哪，被猫吃了怎么办？到野外，哪有这一日三餐，哪有人定点赶它们回来吃，赶它们去散步，哪有笼子让它们住？选择了野外，就选择了另一种人生，处处是危险，处处是艰难。”

我：“也是，外面的鸟，把自己的蛋看得比天大，哪像鸡一样，眼见着自己的蛋变成一道炒菜。”

我陷入了沉思。

此时此刻，我和我的同事小黄，在这家不大不小，暂时不会倒闭的公司里，吹着不冷不热的空调，吃着不好吃不难吃的外卖，拿着一份饿不死的工资，聊着闲天。我们的青春，注定从某一日起，就会悄无声息地被一只看不见的手收缴。而我们根本不会争抢，不会保护自己的劳动，我们吃着一日三餐，虽然日子不精彩，却以为时光正好。

然而我们忘了，飞其实是鸡的本能，进攻其实是哺乳动物的本能。

02. 一套房子的『高质量』使用指南

我用了九牛二虎之力，说服我的朋友李小黑试用我的服务，该项服务将持续半年之久。服务的内容是，对小黑家的房子进行康复性治疗，并改善小黑家的居住环境。

根据定制化服务的要求，彻底了解一个家庭生活习性至少需要大半年，因此六个月的时间已经算是我将该项服务一再精简化后的试用包。

“为什么我的房子需要康复性治疗？”李小黑很不解，“我在这房子里已经生活了上十年了，我家一直很整洁。”

“很整洁？那得看是什么标准。你家零碎小物件多吗？厕所下部的瓷砖泛黄吗？冰箱和立式空调顶上和底下的灰多久清扫一次？换季的时候衣橱够放吗？每次花大价钱请了阿姨整理，是不是很快又乱了？”

“那你为什么不能在几天之内解决这个问题，而是半年？”小黑沉吟了一会儿后，问道。

“因为我要给你建构一套房屋使用体系，以保证在我离开后你们还能继续维持对贵屋的高质量使用。如果只是在几天之内替你解决一下问题，那结果无非是过几天又恢复原貌。”

李小黑经过一番深思熟虑，决定试用我的服务，我也心甘情愿地住进了他家的储藏室里，对这座房子开始了康复性治疗。

这一套康复性治疗总共分为四个疗程。第一个疗程，是根据几大自然元素为房子调试出一个合适的清理周期：

每周一清洗所有的陶瓷，包括所有的碗、碟，厨房卫生间的地面、墙、马桶、浴缸，以及所有的瓷器古董摆件。

每周二清洗所有的玻璃，包括玻璃杯、玻璃碗、窗户、镜子、相框的面、香水瓶、玻璃茶几表面以及灯泡。

每周三清洗所有的布类，包括所有的衣服、丝巾、帆布鞋、窗帘、床上用品、地毯、毛巾、抹布、墩布。

每周四清洗所有的木制品，包括地板、桌椅、门、衣柜、书架、筷子、切菜板、植物、钢琴。所有的纸制品也只能归在此类，因此还需要给所有书籍资料掸灰。

每周五清洗所有的金属制品，包括冰箱、烤箱、洗衣机、汤勺、锅、菜刀、剪刀、针、车、电脑、手机。

每周六清洗所有的塑料制品，包括玩具、笔、拖鞋、垃圾桶、空调表面、收纳箱、盆、牙刷。

每周日清洗所有的皮毛制品，包括皮鞋、皮衣、皮包、狗、沙发、车的内部。

第一疗程为期两个月，我示范四周后，将让小黑和嫂子在我的指导下练习四周，形成固定习惯。第一个疗程的治疗目的，是让你“熟悉你的家”，通过基本的元素分类法，重新认识家里的每一件东西，也可以保证屋子在每个周期内的每件物品都不会被遗漏地清洁到。

小黑嫂子听了我这个方案眼睛都亮了。她说自己住进来后，就生娃了，这屋子里的东西就没理顺过。听我这么一说，感到思路非常清晰。

争取了主人理念上的认同后，我拿出一份隐私协议。

这份隐私协议表明，每名业主可以拿出体积不超过 15×20×30 立方厘米的极度隐私物品，放置在相应的保险箱内。除保险箱内的所有物品外，一切用品都可以由我来进行清洁整理。同时我也承诺，绝不将自己看到的任何隐私向第三人泄露，包括这个房子里的其他业主。

我给了小黑、黑嫂和黑娃十分钟时间，每个人拿着隐私箱依次进入每个房间，悄悄放置隐私物品。按理说，这个环节每个人都应该看不到对方的东西，但是黑娃往隐私箱里放游戏光盘的时候刚好夹带了一张出来，黑嫂骂了他一顿。

小黑一副非常坦荡的样子，表示没有任何东西可以放入隐私箱。但是签完协议的那一刻，他表示还是要例行公事，拿着隐私箱走进了每一间房，又迅速地离开，把隐私箱交给我。黑嫂马上非常警惕地质问，放了什么东西进去，小黑当着她的面晃动箱子，表示里面空空如也，黑嫂将信将疑地放弃了追问。

就这样我们签署了试用协议，我住进了他们家的储藏室，从他们第二天一离开房子上班上学开始，我就按照元素分类法进行整理。

头两天是非常顺利的，虽然任务量比较大，但由于陶瓷和玻璃本身的光滑属性，整个清洁工作还是十分顺畅的，除了我不小心打碎了一个雍正年间的古董和两个英国手工玻璃碗。我运用自己的摆设方法让他们相信我只是合理调整了布局，而忘记了原来摆着的东西。

忘了说，我在他们家的时候基本上不现身。只要他们回来，我就回到储藏间，戴上耳机看电视，尽量不发出任何声音。我的吃喝拉撒都在他们不在的时候进行。因为这是服务体验的一部分。服务人员必须让业主感到家里如同来了一个田螺姑娘，而不是住进了一个无法忽视的长工。

这两天我在储藏室里都能够听到小黑和他媳妇长吁短叹地赞美：太棒了，我从来没意识到咱们家厨房厕所的瓷砖竟然是白色的而不是米色的！哎呀！原来这件青花瓷打上蜡以后那么漂亮！

我靠在储藏间的墙上欣慰地听着。这个狭窄的储藏间里，我无法伸直身体睡觉，分别尝试过半卧型睡姿和狗趴型睡姿后，我决定向纵向轴寻求空间，尝试了站立式睡姿，效果良好。将储物架夹住我的身体，我就可以舒展着睡一整夜。我计划将这一点用于日后的员工培训中。

不过第三天我的清洁计划遭到了严重阻力。第三天是清洁所有的布制品。由于业主家的抹布太黑，我用了超过洗窗帘的时间将其洗白。

而黑嫂的衣服之多，又超乎了我的想象。棉、麻、丝、雪纺在洗衣机里搅成一团。下午我果断地把洗坏了的衣服都送给了楼下收垃圾的大妈，只留了几件国际名牌，手洗烘干后如同艺术品一样展示在了黑嫂的衣柜里，如同商场卖高档货的感觉一样。

想不到黑嫂竟然欣然接受了这样的设定。

在储藏间里我都能听到她惊呼：天哪，我的衣服竟然这么好看！老黑，我看你同学很有品位，他筛选出来的这几件衣服的确是最能衬托我气质的！以后我宁可少买几件衣服，也要件件买名牌！

我在储藏室里松了一口气。同时我觉得自己扔掉黑嫂的衣服是有道理的，因为的确帮助她提高了品位。

第五天清洁金属制品，包括电脑和手机。这个时候我不得不出现在三位业主面前。他们也欣然接待了我。我穿着一身一尘不染的印度白袍，身上散发着淡淡的植物气息。

黑嫂感慨着：“真没想到，你在储藏室里生活竟然能够这么干净清洁，你该不是练了什么神功吧？”

我心想，这只不过是让你感觉到我很干净而已，君不见我踏着黑脚丫子踩着你的床罩擦灯，若让你看到，岂不是没这种感觉了？

黑娃、黑嫂、小黑依次把手机递给我，我回到储藏间清理。我手拿酒精棉和回形针，不光是要将他们手机壳里面的缝隙、手机面与面之间的凹槽和音响耳麦等常见的藏污纳垢之地清洁干净，更要将里面的垃圾信息清掉，将有用信息归类。

电脑的清理方式也是一样，键盘缝隙用吸尘器吸干净，里面的文档、临时文件被我细细清理，速度平均提高了百分之七十五。

当我把手机和电脑还回去的时候，三位业主都有一丝局促，随后他们审视了一下里面的内容，对我报以欣然微笑。

周日是个意外，在这个清洗皮毛制品的日子里，原本应趁三位业主去看电影的时候清洁完所有皮草并给狗洗完澡上完油的。可是狗对我的皮毛护理液过敏，不停地打喷嚏，最后起了一身红疙瘩，连眼睛也红了。我认为它被娇惯过度了。我的皮毛护理液是给高档车的头层皮内饰甚至是水貂皮大衣护理用的，那些皮毛不知比它嫩到哪里去了，它一身狗皮毛竟然过敏，简直是天理不容。我打算让它慢慢适应这一切，这次，就先用一套狗衣服挡住它的红疙瘩吧。

业主们回来时我正在给狗穿衣服，他们看到这身喜羊羊的衣服喜欢得不得了，还说狗狗眼睛红了之后和喜羊羊更像了。总之，他们说有了我之后每一天都很幸福。

我叮嘱他们，在狗眼睛红色褪去之前不能脱衣服，否则下次它会拒绝穿衣。他们表示记住了。

周而复始的生活就这样进行着，第二个月，我开始手把手培训小黑和黑嫂进行周一到周日的每日维护。他们的学习过程中经常会出现一些意想不到的问题，比如小黑总是要把窗户卸下来才擦，黑嫂总是用薰衣草精油擦皮鞋，黑娃在掌握高温消毒的技能后用开水烫死了植物。但这些问题终究没有令我们退却，三位业主终于各司其职地掌握了他们的技能，进入下一疗程。

我告诉他们，下一疗程的主要内容是“断舍离”，也就是继续应用元素分类法，将每类东西中冗余的那些去掉。

我告诉他们，我将做一个实验。每周一开始，我会将一个大类里百分之八十的东西收进储藏室。业主们回家后将回忆家中所有的该类物品，如果能想起任何一件，这个东西就可以回到原位，没有想起的东西则会在第二天被扔掉。

周一晚上，是陶瓷制品回顾日。黑嫂捡回了她的软陶发卡，黑娃捡回了他幼儿园女友送他的瓷娃娃存钱罐。我十分庆幸他们没想起来我上次误摔的雍正古董。

第二天，所有被他们遗忘的陶瓷制品都进了垃圾箱，其中包括半瓶陈年花雕、景德镇的笔洗、用了没几次的汤盆和炖锅等物品。

接下来，每一类物品我们都如法炮制，我顺利地处理掉了小黑家的大部分东西。

小黑非但没有对我感到不满，相反他非常喜欢这种哲学理念——不应该让那些想都想不起来的东西侵占我们诗意的生存空间！只有它们走了，我们才能更好地生活！

我一向是很有原则，不心慈手软的。比如清理金属制品那天我取走了小黑硬盘里几十个 T 的片源，他也没有想起来，第二天我就全格式化了。我甚至扔掉了小黑刚买一个月的昂贵自行车，因为他真的没有想起来。就是这么有原则。

可是原则也有动摇的时候。周日清理皮毛制品那天，他们竟然忘了狗！这天的皮具我处理得很少，因为往往价值昂贵且耐用，所以我只是象征性地清了几个皮衣皮帽皮包，而每一件都被黑嫂找回了。但我一直觉得有一个皮毛东西非常影响这个家的生活，就是狗。它不仅掉毛，而且还过敏。它一直穿着衣服，无法展示油光水滑的皮毛。因此我想试试把狗收起来之后，他们能否想得起来。

这原本只是一个玩笑，可是终其一个晚上，他们都没想起来狗。天哪，他们每晚都要带它下去散步半小时，且每周这个时候都会给它擦保养油的好吗！我耐着性子启发他们，是否还有东西遗忘，他们竟坚决表示没有。黑嫂还表示，她的高档名牌包一共五个都记得清清楚楚，如果真的有她不记得的皮包那扔了她也认了。

我感到有些绝望，甚至希望狗在储藏室里能发出一点儿声音。可是狗却一直没出声。我不甘心地问黑娃："你最好的朋友呢？"黑娃甩了我一个老大不开心的脸："滚，已经分手了。"

就这样，我和狗在储藏室默默度过了一个晚上，它非常听话，看着我站立式睡眠不舒服，还给我捂脚。

第二天，为了我的原则，我还是把狗扔了。

而他们三个竟然十分快乐地度过了整整一周，认为家中东西少了之后确实生活质量发生了改变，直到下个周日想到要给狗毛上油的时候才意识到，狗已经好几天没看到了。

他们发疯似的寻找、回忆，而我则在储藏间里刷着手机。这个时候我什么也不能做，只能任由他们回忆。

终于，黑娃开窍了："是不是在储藏间？每天不都要扔掉我们想不起来的东西吗，狗属于今天的被扔范畴。"

黑嫂勃然大怒：“不可能吧，狗怎么能扔？！狗是东西吗！”

小黑和黑嫂突然猛敲储藏间的门，看到了和空空储藏间待在一起的我。

望着他们愤怒的双眼，我拿出协议，告诉他们，狗是可以被扔的。因为，协议里称，房子里只要是业主本人身体发肤之外的物品，都有权被扔掉，只要没被想起。

小黑把我整个人从地上拎起：“天哪！你是来搞笑的吗！你把我家的狗扔了，它不是物品！它是我们的家庭成员哪！是一条生命啊，你知不知道！”

我说：“一周前这一天，你们并没有想起来没有它。那天我都震惊了。可是如果我不扔，你们就意识不到究竟什么是你们最重要的。”这时候黑嫂突然看着空空的储藏室，想起来：“我陪嫁的雍正古董，是不是也扔了？”

我没说话。老实说那个不是扔的，是我不小心打碎的。我不想撒谎，因此不说。

随后，他们想起了上周被扔的一切东西：波斯地毯、宜兴茶壶、土耳其吊灯、天文望远镜。只有黑娃还是感谢我的，因为我扔掉了他所有藏起来的不及格试卷。

他们疯狂地撕毁了所有协议，并打算将我驱逐出门。然而我还留了一个撒手锏。

我的行李箱里有他们的隐私盒，而我可以随时开锁。同时，每周清理电子产品时，我对他们的一些秘密也做了备份。

他们意识到这一点后，冷静了下来。

我告诉他们，下载我创建的“房屋康复疗法 APP”，注册后给五星好评，我就可以把隐私盒和备份物归原主。

他们忍着牙痒照做了。

我卷起行李离开，并进入我的下一个朋友家进行试服务。

03.

漂族与霾族

不知从何时起，每座城市都共生着两种族类，彼此之间相爱相杀。比如霍克斯的吸血鬼与人，比如伦敦的巫师和麻瓜，比如这里的 x 漂和土著。他们在互相鄙视的时候却不知道自己是依赖着对方而活的。就像鲜花奋力往天空生长，想离开足下肮脏的土壤，却不知自己正是依赖着这种肮脏而活的。

是漂族人先为自己的族群命名的，他们漂并自豪着。漂族认为，这里正是因为那些愚蠢、好运而懒惰的土著的存在，才变得处境艰难。土著们收着畸高的房租和二手房款，一笔交易就可以榨干漂族两代人的血汗。同时，这地方真是可怕极了，巨大的空间让每一次聚会都如同去外地出差，超负荷的交通使得世界最宽的马路如粥样硬化的动脉，最最不能忍受的是，这里竟然充斥着让每个人折寿五年的“霾”的存在。

“等我赚到了钱，一定离开这里。我的身子是受不了这里的霾的。”漂族人看着土著，产生了一种微妙的优越感，“他们虽然富有，却没有办法离开，只能生生世世在这里吸霾。他们也真是可笑，中年以上的人从来不戴口罩，在霾中广场舞太极拳照练不误。”就这样，漂族人悄悄为土著们起了一个新名字——“霾族”，并称这里“霾都”。

霾族人知道自己被起了这样的名字后非常愤慨，但无力阻止。他们只自称和某类人猿一样的名字，意味着他们才是这座城市真正的主人。“该死的漂族人，”霾族人想，“如果不是他们，地铁里、大马路上怎么会这么拥挤！不是他们，我家哪儿来的雾霾！”

房价越来越高了，霾族人居住的旧房一夜之间有了新名字——学区房。学区房价值霾族几代人的薪水，但霾族人却不能卖，因为卖了霾族就没地方住了。

最近，霾族的孩子们都要结婚了。霾族人从没想到，会给后代在那么偏僻的郊区置办新房。这导致他们的后代从城里人变成乡下人！他们简直对不起祖上！都怪漂族人！他们不来，城里的房子就不会那么抢手，也就自然能买得起了！

漂族人和霾族人就这样世世代代地恨着对方。若非极其特殊的情况，他们永世不得通婚。没有一个霾族人有勇气嫁给一个漂族人，除非她有残疾。不过漂族的姑娘有时是可以嫁给霾族人的，前提是吃苦耐劳或漂亮过人。漂族里优秀的青年有时候也会迷茫，想着自己从小寒窗苦读，到了而立之年却还没有给过父母一分钱，不如狠狠心娶一个霾族胖丫头算了，就让此生的劳苦在这一刻终结。

霾都如此受欢迎，其实和大多数的霾族并没有关系。在他们最引以为傲的事物里，有两所大学，一所是霾都大学，一所是霾城大学。整个国家的孩子们只要一到学龄，就都被教育着向这两所大学奋进。十年寒窗之后，如果能考入“都大”或“城大”，简直就如旧社会金榜题名。霾都人考入这两所大学的概率号称都外人的三十倍，但其实，远没有这么高。

霾都人心里一直不愿意承认这样一个秘密。那就是，这么多年来，他们从没见过一个霾族人考上过这两所大学。

就算有，那也是别人家的朋友的朋友的朋友的孩子。而霾族人自己顺着身边这一条条胡同数过去，每年纵使有几个考入 W 中甚至 S 中的幸运儿，他们最终也无一例外地进了霾都经济贸易大学和霾城工业大学。这两所大学的确非常棒，这些孩子的父母也很骄傲，自然也就没有人问起他们为什么没考上都大或者城大。可是，究竟是谁考上了这两所高校呢?

这一天，历史改写。张大民家的闺女张蕾收到了都大的录取通知书。她这一片儿的胡同立时传开了！原来，霾族的孩子是有不少考入都大和城大的，只是咱这一片儿这么些年都不太争气！都让别的片儿考取去了！

张蕾就这样倒了几辆公交车，进入都大报到。她也一直听说，霾族人更容易考上都大，所以还以为这里和她熟悉的环境一样。而当她一走进都大的校园，却发现什么都变了。

这里，清一色是“漂”的海洋。

这是为什么？不是说霾族人考取都大的概率是漂族的三十倍吗？为什么这整个校园的学生连走路的姿态都没几个是霾族的？只要一张口，无论老师还是同学，都是漂族味儿。

张蕾觉得很难受。她想找到熟悉的霾族口音，但整个校园都没有。渐渐地，她知道了原因。班里面据说有七个霾族人，占全班人数的三分之一。但是她和每一个人聊天，发现他们都是漂族口音。直到做自我介绍时她才意识到，这些都不是真正的霾族！他（她）们是漂族人！

尽管有些人小学就漂过来了，甚至有些就是在霾都出生的，但他们的父母无一例外都是漂族！难怪张蕾只要远远看着他们的姿态，闻着他们的气味就知道不是自己的族类！

这些漂族倒也没有隐瞒身份，在新生自我介绍的环节上，他们都介绍了自己的故乡和童年。

“漂二代也是漂。”张蕾回家后，不习惯地哭了。父母听完她的叙述后，得出这样的结论。“如果学校难受，就回家来住，别跟那些漂族人挤一堆，难受。”

“漂二代是漂吗？”张蕾想着。她觉得得出这样的结论并不公允。尤其是对于从出生就在霾都的同学来说，他们第一眼看到的世界和自己看到的并无不同，在他们眼里霾族才是自己的同类呀。可霾族却还是赐予他们“漂”字。

“可是没有办法呀。他们的口音、姿态通通都和霾族不一样啊！我实在没有办法把他们当成同类。”张蕾无奈地想着，从宿舍搬回了家。

只有回到家中，回到四九城里，一切才是熟悉的味道。

街坊四邻见到了，总要问她都大怎么样，里边儿是不是都是最拔尖儿的霾族人，是不是把漂族人震得一愣一愣的！他们看她的眼神都起了变化，措辞都尽力文雅起来，带着点儿未知的崇敬。

张蕾却有些无奈，她是全系唯一的三代霾族。她找不到三观契合的朋友，也失去了人生目标，只等着毕业。她是经济系的，毕业后只要随便进个银行或是会计师事务所之类的，回到霾族的生活里去就好。都大，大概只是霾都设计给漂族人的一座城吧，张蕾是误闯了进去，后悔还来不及。

可是一切都在悄悄起着变化。所谓物以类聚，人以群分。张蕾在漂族人当中待久了，也渐渐习惯了漂族的生活方式。起初她觉得漂族人活得很累，自己从不听的那些课，他们都要抢着做课堂演讲以博得高分，下课了要围着老师提问刷存在感，夜里还要在BBS上灌水以求勾搭个妹子或男友，周末还参加形形色色的社团活动证明自己的组织能力。

她什么都不参加，用很多人的话来说，她这几年都大白念了。

可是到了大三，她骤然发现，自己修完专业课后，还有很多学分不足。再这样下去，她将无法按时毕业了——而她必须尽快逃出这座漂城，四年是她的极限！

然而选课的时候，什么世界银行行长的经济学原理、诺贝尔奖作者的小说写作、电视明星的演讲艺术早被选得盆满钵满，情急之下张蕾选了一堆无人问津的——中医养生、名画鉴赏、拉丁语初级、围棋初阶。

为了应付繁忙的课程和作业，她搬回了学校住。

就在这密集的听课过程中，她渐渐发现是漂族人掌握了这个国家的智慧。那个宗教学的老师，额前一撮白发，无所不晓，让她几乎有皈依基督教的冲动，若不是老师再三强调自己不是信徒，她或许已经戴上十字架了。而那位研究电影的女教授，每每一袭黑衣，提前三分钟到课堂，点一根细烟，面容安详，时间静默，张蕾不禁希望自己五十岁也能如此优雅。他们可都是漂族。

这一切心态的变化却更可能是因为一位漂族少年的出现。这位学长是中国古代建筑史的助教，张蕾因为课业多，总是迟交作业，而学长总是很耐心地、不急不缓地打电话给她。“嗯，我知道你很忙，不急，慢慢交。啊，别担心，不会扣你分的。”那声音很是温柔。

上课的时候，她刻意张望，发现帮老师放投影的就是他。他的样子和想象的差不多，儒雅而带着阳光的感觉，而自己以前竟没注意过他。

课间的时候张蕾和他擦肩而过，她下意识跟他说了声嘿，他却没注意到，径直走了。

学长叫徐一航，交作业的邮箱就是他的名字。张蕾在网上搜索着他的信息。并不稀罕，他高考时是南方某市的小状元，本科也是经济系的，研究生转到建筑史。奥赛获过奖，参加过校园辩论赛，在 BBS 的篮球板灌过水，喜欢看电影。优秀的人一般在各个时期都会优秀，因此张蕾一不小心就在网上攒齐了他小学到研一各个时期的照片。

她看着那个文档，觉得自己有毛病。自己在暗恋吗？

心念着这个人，就不免在校园中遇到。张蕾在交完期末作业出来的时候，恰好偶遇从研究室出来的徐一航。两人都在打电话，擦肩而过时认出彼此声音，下意识地对视，两人一笑。

“张蕾。”他放下电话，向她伸出手。张蕾没想到他能认出自己的声音还能记得自己的名字。

两人都是去图书馆，因而一路闲聊了不少，大多关于经济系的各位老师。徐一航说着他们的过去，张蕾说着他们的结局。可怜的老师们，讲授的公式尽被遗忘，只有自身化为了学生们的谈资。

到了图书馆，一个去取预约的专业书，一个则要去二楼写电影史的期末论文，两人礼貌地再见。

然而张蕾在二楼对着电脑还没奋战两个小时，就收到徐一航的短信：你刚才说的那部电影，我这里恰好有两张票，明天一起去看吗？

有些事情来得太过容易，就好得不像真的。那部电影很轻松，两个人有说有笑地看完，就成了朋友。回学校的路上两人聊起童年。徐一航家乡的青山绿水，霾都没有，张蕾听着神往。

What a holly shit!

有一天张蕾突然意识到，自己竟然和一个漂族谈起了恋爱！可她又有什么理由拒绝呢？毕竟，在这座漂族的学校里，也是分三六九等的。徐一航就是一个所过之处漂族妹子都会心动的低调男神。张蕾原本只是学校里一枚再普通不过的妹子，而现在，牵着徐一航的手，她也变得出众了。

张蕾一边和徐一航在都大风花雪月，一边自觉不自觉地减少了回家的次数。

现在霾族的气味渐渐开始让她不适了。逼仄的空间里有种莫名的不洁味道，霾族男人的大嗓门让张蕾感到尴尬。张蕾觉得自己身上的霾族气味越来越淡，而她的族人却丝毫不知她已叛变。父母对于她的变化感到可喜，以为她是因为受了高等教育，所以开始与众不同。

“你毕业时我也已经工作一年了。那时候我就去拜见你的父母。”

徐一航近来忙于找工作。他家乡有很多很好的工作求着他，但他想留在霾都，为了张蕾，也为了自己的前程。

张蕾听到“拜见父母”，瞬间慌张了起来。她又怕他走，又怕他留。要知道，她活了二十多年，从未见过一个漂族能够娶霾族的。徐一航在都大固然出类拔萃，但那是因为都大是一座漂城。出了都大，徐一航便和马路上的农民工是一个族类，而张蕾在另一个戒备森严、高人一等的族类。他有户口吗？有房子吗？一月收入多少？这些问题，她该如何对父母亲族回答？

张蕾已经从每天回家变成了每周回家，再变成每月回家。在公交车上她感到自己像个鬼。她离开了霾族，又不能接受自己成为漂族。只有在都大或是在家中她才是安全的，而一到公共空间，她关于身份的自我质疑就会纷至沓来，折磨得她无日无休。徐一航为她留在了霾都，她却连自己恋爱都不敢告诉父母。

而随着公车晃荡，她第一次意识到霾族并没有理由骄傲。你看，这公交车司机是霾族，这售票员是霾族，而白领们大都是漂族。最极端的是，新闻联播上的那些人，操着各种口音，全是漂族。莫非统治霾都的，从来都是漂族？

张蕾为自己的这个发现感到振奋，她看到了自己和徐一航结合的希望。她希望广大霾族早日认识到这一点：和漂族联姻，并不是下嫁。

张蕾拿着这个理论去和发小璐璐分析。璐璐一直没有出过霾族生活圈，她表示不能接受这个道理。“你上了都大怎么脑子越来越不好使了？新闻联播上的人当然是霾族了，他们过去不是，但现在是了。是我们霾族给了他一个身份。这就像老祖宗赐汉人八旗身份一样啊。”

“所以他们过去是漂族，现在就是霾族了？”

“多新鲜哪，你管他叫漂族？他要不是霾族，他能那么横吗？”

这个夜晚，张蕾踏实地睡着了。“霾族”“漂族”，并不全以血统论的。白猫黑猫，只要抓住老鼠就是好猫。只要一个漂族有了本事，他就成了霾族。

所以徐一航是有希望娶自己的。

“徐一航，你别找那些画图的工作了。拿你本科的经济学学位找工作，进一家国企。”张蕾说。

“为什么？我就是不喜欢经济才转到建筑史。我毕业以后和同学们成立自己的工作室。”

“自己成立工作室不行，没有房子，没有户口。”他既然为张蕾留下了，张蕾也为他规划得很清楚：进国企，拿到户口，分到房子，在霾族的圈子里耳濡目染，直到看不出分别。最后，他就能娶她。但她却不能把这番打算说出来，这层关系是一层不能捅破的玻璃纸。

“户口你有就行了。房子可以慢慢来，你看我们父辈都是四五十岁才买房子的。”徐一航犹不懂得恋上一个霾族女子的凶险。

“那我们结婚后住哪儿，难道挤在我家吗？”张蕾想着自己一家三口不到三十平的空间。

“可以租房子住哇。”

张蕾一阵天旋地转。他们将来要租房子住，要给霾族人付房租。自己的族人会怎么看自己，自己的父母又怎么看?

这个周末，院子里的老姑娘晓宁姐姐终于嫁出去了。虽然男方是郊县的，岁数有些大，不过晓宁妈强调，那个县现在并进霾都了。晓宁可没嫁到乡下去。

更何况，男方家拆了个四合院，得两千多万，家里为小两口在城里买了楼房和一辆路虎。晓宁姐姐剩到三十三岁，终于风风光光地嫁了。晓宁妈逢人就说自己姑娘家的房好，有入户电梯，厕所有一间房那么大。

“张蕾，你将来一定比我们家闺女嫁得出息。你看你要模样有模样，要学问有学问。”晓宁妈说。

张蕾爸妈听了，美滋滋看着张蕾。他们常说，自己一辈子没什么出息，唯一的运气就是生了个好闺女。

“张蕾，你已经二十二岁了，成年都已经四年了，为什么不敢告诉父母你谈恋爱了？我们不是早恋哪！”徐一航不解地问。

他终究没有成立工作室，而是去了一家梦寐以求的私人设计院，一月工资不到五千，住在公司提供的宿舍里，倒是没有任何压力。他雄心勃勃，想见张蕾父母，定下亲事，也好规划后面的路。他以为张蕾可以像学校那些漂族姑娘一样陪着男友漂下去。毕竟，张蕾不慕虚荣，虽然是霾族的，但毕竟家境很普通，大概不会瞧不起自己这个都大高才生吧。

张蕾沉默不语。沉默，也许是最好的答案。

霾都的雾霾越来越大。都大到那么多花木也净化不掉，园子里的人越来越少了。张蕾想，自己真是进错了地方。如果和大多数的霾族一样，进入霾都经贸大学或是霾都工业大学该多好。那里面百分之七十以上都是霾族人，现在她也早就安排好后半生了。可是世上没有回头路，她是被诸位漂族熏陶过的。她懂中世纪的经院哲学在说什么，知道中国画的各路笔法，看过银幕上安德烈护着蜡烛走过七八遍。她早已听不了霾族少年轻浮的口吻，看不了他们如父辈一样一手抡方向盘一手扔烟头那骂骂咧咧的姿态。

“就让我孤独终老吧。”张蕾想。

入冬了，都大校园里进了新的商家。生活服务部里来了一对霾族夫妇，为人和善，校园里也响起了霾族的声音。

漂族孩子们赶去上课的必经之路上，总能听到男的吆喝着：“千山万水总是情，来串儿糖葫芦行不行？”

这时女的就会接一句：“走遍天涯都是爱，一串儿糖葫芦才两块！”

漂族孩子们都笑了，他们从没见过这么幽默的小贩儿。他们三三两两围上去，摘下口罩，掏出零钱递给夫妇。

而女的总要喊着：“别急别急，来几串儿啊？”

霾族、漂族，只有在这里才有一片其乐融融。张蕾总出神儿看着这一幕。翻过年，她就要毕业了。

“姑娘，来一串儿吧！”男人摘下一串儿糖葫芦递给她。

张蕾愣了，在她发呆的时候，孩子们都已经散了，自己显得格外突兀。

“我看你老看，不如尝尝。不要钱送给你了。”

张蕾赶紧掏兜：“不用，我给您钱。”

“不用了，你也是老霾族的吧？吃吧，不用给钱。在这学校里遇着一个霾族孩子不容易，好好念，别让漂们都把咱们超了！”

该死，偏偏没带钱包出门。

张蕾拿着糖葫芦，默默走着，全然没有小时候的那份喜悦。

等她想起来要咬的时候已经咬不下去了——上面已粘了太多灰霾。

04.

合租文学奖

一年一度的“合租文学奖”就要颁奖了，家住D城十三区的居民孟思哲在自己的小隔间里奋笔疾书，想赶上参赛截止日期。

许多年前，D城出现了“合租文学奖”这个重要的文学奖项，该奖项奖励的是“在合租房当中创作文学作品，且作品内容紧密围绕合租生活的，有特殊贡献的”作者。

D城是地球上非常繁华的一个所在，巨大的人口数量推动了这里的地产业，尤其是房屋租赁业。据不完全统计，生活在D城合租房里的人口数量已达到了D城总人口的百分之六十七以上，而这些人可能会在合租房里结婚、生子，甚至终其一生都生活在合租房里。

而D城的房东和租客们的关系一向紧张，因为在房东看来，租客随时都有，因此非常挑剔。而租客每个月付的房租须占自己总收入一半以上，他们对房屋的质量也十分吹毛求疵。每个房东要联合其他合租者平均面试五十六位租客后才能选中一位心仪的新租客，而一个租客要平均看十七间卧室、会见一百五十八名室友才能选中一个合适的合租房。

为缓解这种紧张的博弈关系，D 城出现了一系列奖项，平衡房主和租客的心理。“合租文学奖”就是最受广大租客欢迎的一个奖项。

该评奖活动由“福布斯房租收入排行榜”评出的“D 城房租收入前十名”的房东出资举办，评委则由房东和租客组成的评审团担任，奖金格外丰厚，足够获奖作者买一套地段不错的二手公寓了。

只不过，评委会的授奖条件规定，获奖作者领取奖金后，必须继续在合租房里生活。因为评委会认为，只有当获奖者继续生活在合租房里时，他的作品才不是无病呻吟。如果主办方一旦发现该获奖作者擅自离开合租房，其所得的奖金将被主办方如数收回，不予退还。

但大家还是对此跃跃欲试，因为要知道 D 城很多人终其一生也过不上独租或购房的生活，所以也并没有对离开合租房有太大的执念。这样的话，得到一笔丰厚的资金是极具诱惑的。上文提到的家住 D 城十三区的孟思哲就腾出小半个月的加班时间为这个目标努力着。

孟思哲所住的合租房位于一个古老的小区内。大概还在冷战时期这个小区就存在了，早先都是天然的红砖墙，后来被刷成了鹅黄色，后来鹅黄色褪成灰白色，又被刷成了紫色，现在紫色又褪成了玫瑰色。孟思哲就是在墙体褪成玫瑰色的时候入住的，这一拨房客被上一届获奖作者李平写进了小说《玫瑰时期的一代》。

孟思哲就是在看到这部《玫瑰时期的一代》后受到鼓舞，进而决心投身文学创作的。他为邻居李平在作品中表现出的非凡洞察力感到惊叹。拿他自己来说，尽管已经在这栋楼里生活多年，但他从没注意到自己居住的楼房是玫瑰色的。

总之，孟思哲的创作欲望被这部作品彻底点燃了。而他的作文从小就经常上展示墙，这让他突然觉得自己可以在这条路上试试。

有了创作欲之后，孟思哲不那么迷恋加班了。要知道加班癖是二十一世纪诞生的一种著名疾病，最容易导致的后果就是过劳死，而医学界却至今没有找到能够以药物对抗的方式。患者一旦得上了加班癖，即使每天不用加班，也会十点十一点才离开办公室，因为他手边的事情一旦快做完，就一定会找到新的要做的事情。

D 城是一个全球加班癖患者最为集中的城市，但所有人也知道正是无数加班癖患者将 D 城建设得举世无双。因此尽管 D 城已经扩大到了十七个城区，房价高企，通勤压力史无前例，但很多人还是因为无法忍受其他城市无班可加的夜生活而拼死也要留在 D 城。

孟思哲曾经也是一个深受加班癖困扰的患者。他屡次痛下决心戒掉加班癖，但都坚持不到二十小时。停下工作会让他疯狂。而他这下子却因为创作欲望的唤醒在晚八点就想回家了。看到八点就拎包回家的孟思哲，领导感到这个年轻人还是有希望的，对他不吝投以鼓励的微笑。

为了向奖项迈进，孟思哲深入地体察着每个合租人的生活，也在思考自己获胜的途径。

尽管他对自己的文笔和思想都很自信，但依然深知自己想获奖是很难的。早些年，很多题材都还没有被挖掘过，就算与同性恋夫妇、直播妹子、歪果仁合租的题材都尚属新颖，随便写一写就能获奖。而到了上一届李平参赛的时候，整个城市形形色色的合租生活几乎都被写绝了，幸亏李平取了一个新颖的角度，将平凡的合租生活写出了史诗般的震撼人心，才在激烈的题材竞争中脱颖而出。

同时，“合租文学奖”自开赛以来，就没有在同一栋合租楼，甚至同个区里诞生过两个获奖作者。评委会工作者们总是倾向于将奖项均匀颁给各个区的合租者。比如第十三区的人以程序员为主，第七区的人以普通白领为主，第五区的人以做生意的小商贩为主。把奖项颁给不同的区，也就相当于颁给了不同的题材内容。

孟思哲和李平一样，都是第十三区最典型的程序员。李平在《玫瑰时期的一代》中已经将几代程序员房客与室友，与房东，与老板，与代码，与自身的冲突，写得非常透彻。孟思哲如果还写第十三区程序员的生活，是注定不可能获奖的。

如今，只剩十七区还没出过“合租文学奖”了。孟思哲笃定，只要这个区今年有一部像样的作品出现，就会是夺冠热门。

这个任务，他决心由他本人亲自来完成。

十七区一直未获奖是有其历史原因的。它是D城和其他城市接壤的三不管地带，前些年才正式划归D城，其基础是一片废弃的烂尾楼和工厂。那里由于与货运通道接轨，是D城上下货的地方，久而久之，那里生活了无数快递哥。十七区拥挤而繁忙，一天二十四小时都有人上班和下班，进进出出。可以说，这个区一直没有获奖也跟工作非常繁忙有关。

孟思哲如果想写这个区，就必须在那里生活。可这样他每天的通勤时间要八小时，不仅没有时间写作，也没有时间睡觉了。可是，如果他放弃现在的程序员工作，去做一名真正的快递员呢？

孟思哲的心里引发了一股隐秘的兴奋。毕竟，他已经十多年与代码为伴，枕席不离。离开程序员的岗位，意味着他将彻底与加班癖告别。他想试试自己今生是否能够告别代码而不产生严重的戒断反应。

也许这件事很诡异，但孟思哲的确在三十岁那年成了一名快递员。这年龄在十七区一般早已是退休或做管理层的年纪。十七区在城市最南端，不大却热闹得宛如九龙城寨，人们忙碌奔劳，没有人有时间搭理你，也不会有房主电话面试加笔试选拔，只有简单的铺盖来铺盖去。

带他入住的中介小哥告诉孟思哲，干快递这一行，由于总是驾驶着电动车风驰电掣，没有被地铁吸收太多的阳气，因而总是朝气蓬勃的，比一般不见天日的 D 城人要健康得多。他这么说无非是担心孟思哲改变主意。

果不其然，这里洋溢着一种积极向上的气氛，孟思哲喜欢上了这里。

孟思哲在送快递之余，可没有忘记自己的创作使命。他如饥似渴地观察周遭人的生活，他们的举止、谈吐、身上的气味、他们的审美……

文化背景的差异让孟思哲认清他们，也反观自己。他思考着人该怎样度过一生这样一个永恒的命题，最终在截稿前写出了这篇作品。

孟思哲笔下这个奇异的族群引起了评委会极大的兴趣，他也终于如愿荣膺第十三届“合租文学奖”，获奖语是：合租群体首次由十七区代言，展示给我们在身边风驰电掣的那个群体是如何诗意地栖居。

获奖之后，孟思哲告别十七区的生活，回到十三区继续居住。因获奖条件规定获奖人必须永久居住在合租房里，故而此刻他拥有了巨大的财富，却不知道该怎样度过余生。

毕竟，孟思哲之前没想过自己真能变成富人。他这一代人，无非是到了年纪结婚生子，赚钱付房租，给老婆买包，给孩子买奶粉。

现在，手持巨额奖金的他，可以飞往世界各地旅行。但是根据规定，他的居住地点必须是世界各地的合租公寓，连住帐篷都不行。一段朴素的环球之旅结束后，他回了十三区。D 城的生活虽然很乏味，但到底是熟悉的味道。

往届的获奖者则走偏了很多，有些人爱上了收藏跑车，有些人专注于礼佛，就连过去十分低调的李平最近也在郊区租了一个仓库，专门收藏古董。

孟思哲算是对消费主义的毒瘤抵抗得不错的了，也还是添置了一辆兰博基尼，专门用于去夜店时使用。因为他最近写的一篇大作和纸醉金迷的世界有关。但也有细心的媒体认为他是在用一种极端享乐的方式逼迫自己远离加班癖的复发，毕竟他已经一年没碰代码了，这个时间点是加班癖复发的高峰期。

不论是什么原因，这辆兰博基尼终究为孟思哲带来了很多快乐，也带来了一些烦恼。自从他开上了这辆车后，姑娘就没断过。尽管有几个让他颇想与其长期相处下去，但最终孟思哲意识到自己无法和对方建立长期关系。因为他可以在任何声色犬马的地方嬉戏，但是夜深之时他还是要回到自己的合租房。因此，一旦当他和姑娘的感情到了要商量是否搬到一起住的阶段，就是他们恋情宣告终结之时。因为他无法离开合租房到姑娘家过夜，也并不想尝试将那些在兰博基尼副驾上谈笑风生的姑娘带到合租房里。

果不其然，在孟思哲厌倦了醉生梦死后的某一天，他的加班癖变本加厉地找到了他，他又开始写代码了，以每天十万行的速度。

领导对他的状况非常忧心，找他谈话，并试图用开会分散他的注意力，生怕他年纪轻轻就被诊断为过劳死。事实上大家感到这种趋势在所难免，孟思哲就好像戒毒复吸的人一样，对于加班更加如饥似渴，每天都在如痴如醉地写着代码。

就在医生给他下达病危通知书的第三天，孟思哲下楼买便当，之后他的加班癖竟然意外治愈了。当时，他一抬头看到一个当年送快递时经常送的一个漂亮姑娘。他记得她叫杨悦，就脱口叫了出来。杨悦对他竟然也有印象，两个人聊了起来，颇为投缘。

后来杨悦答应了孟思哲几次约会，都穿着朴素，异常节俭，因为她一直以为孟思哲是个快递员。孟思哲很欣喜，觉得她对自己的预期不高，或许能和自己在合租房过一辈子。他已经想好了，之后两个人都不用工作，白天手拉手看包场电影，经营一家咖啡店，再环游一遍世界，在合租房里生下儿女。

如大家所看到的，此时孟思哲已经完全忘记了加班癖，因为他中了爱情的剧毒。

顺理成章，一个月白风清的夜晚，孟思哲应邀去往杨悦的住所。而就在进门的瞬间，他惊呆了。

他没想到杨悦是独居的。

发现这一点的时候，孟思哲有些难以接受。在这座城市，只有极少数的人能够不选择合租。房东、富人，或者高收入者。

而杨悦这么穷的姑娘，想不到竟没有和人合租。

杨悦对自己的奢侈也很羞愧，解释说自己神经衰弱严重，所以几乎用了自己全部的收入租了一个独门的居所。

难怪她长得不差，工作也不错，却穷成那个样子。

杨悦在一间不大的房子里养了几盆绿植，家里东西不多，就好像已经住了一辈子一样，整个空间朴素而安静。

孟思哲去过很多妹子的单身公寓，有后现代风格的，有巴洛克风格的，有日式的，有整齐也有凌乱。

但只有杨悦的房间，让他有一种“家”的感觉。

他想在这里一直生活下去。

想在她身边永远生活下去。

不过按照获奖规定，他必须像一个灰姑娘一样午夜前回家。他给杨悦的理由是，他有严重的择床毛病，只有在自己的床上才能入眠。杨悦笑问他到底是不是还有一个“后半夜女友”，孟思哲说你可以自己来我家看。

有一天杨悦真的跟到了孟思哲的合租房。她没有嫌弃那里的环境，在一个甜蜜的深夜与孟思哲相拥而眠。但是清晨，孟思哲看到杨悦耳朵里偷偷戴上的耳塞和满眼的红血丝。

她完全睡不着。二十四小时随时进出的关门声、洗澡声、马桶声和炉火声在一个文艺青年耳中可能充满了人情味儿，但是在一个神经衰弱到要把工资的百分之九十五以上用来租房子的人听来，无异于火山地震。

孟思哲的胸口感到一阵窒息。

他们很快度过了可以为彼此不眠不休的蜜月，开始争吵，为了在哪张床过夜的问题。

杨悦指责过孟思哲为何不能尝试一次，哪怕一次，在自己家过夜。毕竟自己的居住环境要比他的好得多。毕竟自己尝试过在他那儿过夜，只是尝试失败了而已。

孟思哲不能告诉她，自己不能尝试，因为只要尝试一次，巨额奖金就要如数退还——他之前已经挥霍了太多，退还的话就意味着他要负一大笔债。他只能说自己怂、自己没勇气、自己有童年阴影……

吵架之后，他们在他或她的床上做爱，然后又各回各家入眠。

一个“严重择床”的人和一个“神经衰弱”的人，难道真的就无法相伴终老了吗？

唯一的方式可能只有主动退还奖金了。还有一大半奖金没有花掉，孟思哲可以将奖金还了，卖掉跑车，再慢慢还他挥霍的那一部分钱。只不过，或许孟思哲和杨悦要穷苦潦倒一辈子才能还完剩下的钱。

为了爱情孟思哲能接受自己这样生活，但他不能接受杨悦这样生活。

当两个人真正相爱的时候，如果一个人顽固，另一个人就会妥协。

杨悦越来越依赖孟思哲了，她想跟他结婚，哪怕永远不睡觉都行。她一周有四五天都要住在合租房，实在受不了才会回到自己家补觉。她开始越来越瘦了，孟思哲不知道再这样下去杨悦会不会变成一张纸片那样轻。

两个人还是决定结婚了。领证之前，他们去找相命先生算日子。相命先生没有按套路说话，而是对着杨悦说，他是你命中一劫。

杨悦不信，直接把孟思哲拉走了。

也许只是无心之语，孟思哲却忽然悟了。和自己在一起，不论是退还奖金还是住在合租房，杨悦都过不好下半生。而她这不幸的下半生，不恰恰是因为自己造成的吗？

想通了这一点后，孟思哲做了一个决定。

约定领证的那天，孟思哲逃婚了。随后杨悦发现自己名下多了一套城中别墅和一辆兰博基尼。

聪明如她，大抵也知道发生了什么——自己遇到了一个出来体验生活的富豪，他现在玩够了，消失了，拿钱来补偿了自己。

毋庸置疑，这就是这么一个俗套的故事。

因为被富豪玩弄很常见，这样的补偿也很常见。

孟思哲换了一间合租房，继续隐没在合租人群中，偶尔写写代码，并无加班癖，只是不再写作了。

某年某月的大街上，一个美丽的姑娘开着兰博基尼堵在路上。她一身名牌和精致的妆容，身上没有风霜的痕迹。

她劝慰自己，如果没有爱，有钱也是好的。

但是内心深处，她也常常惦记：很久没有见到他了，是破产了？

只是她没有看到，街角的一头，一位满面风霜的男人，正充满怀念地望着自己。

05.

集团的秘密

这家集团公司是很有决断的。说他们有决断，是因为早在“全城最严禁烟令”之前，他们就已下达了“集团禁烟令”。

“全城最严禁烟令”说的是，只要有屋顶的地方都不能抽烟。而“集团禁烟令”则规定，凡属大楼范围内的地方均不可吸烟。因而每到午后，集团各个公司的员工们都聚集在大楼后面的停车场旁边抽烟解瘾，假以时日不知道又会诞生几组“志明与春娇”。

以往分布在各个楼层的员工们在抽烟之余，互相吐槽各自的公司，渐渐整个集团就变得没有秘密了。

这或许是禁烟令发布时所始料未及的。

1.“鲍鱼党”

这家集团业务线很广，矿产、金融、互联网、地产都有涉及，旗下有用来闷声发大财的公司，也有用来亏钱赚吆喝的公司。这些公司的内部无非是执行多党制或是一党制。通常情况下，多党制的公司很累，权力之争暗流汹涌不说，不小心站错队就会如坐针毡。

而小娇进入的是该集团旗下的某一党制的公司，这不得不说是幸运的。这家公司的总经理鲍总是集团老板三顾茅庐请来的传媒大亨，老板对他的业务几乎不过问，这也就造成了鲍总在公司说一不二的权威。公司另有两位副总，一位是鲍总的太太王总，另一位是由鲍总一手提拔上来的年轻人余泽，大家私下称他为太子。

这组强势的夫妻档加上这个破格提拔的年轻人组成的领导班子导致这家公司的人际关系非常简单——整个公司只有这“一家三口”组成的“太子党”一派，一般员工根本不用思考站队的问题。因为除了“太子党”，剩下的都是边缘人。

“太子党”后来演化了个新名字，叫“鲍鱼党”，因为老总姓鲍，太太姓王，太子恰好姓余，难保不让员工把他们想象成一个饭店的名字——“鲍鱼王”。

说这些其实于我们的故事也没有太大帮助，因为我们故事的主角不过是个职场菜鸟，并没有和“鲍鱼党”交流乃至交锋的机会。

2. 新人小娇

小娇从入职之日起，就是一个不受召见的边缘人，原因是她的上司，公司的研发总监托米已经边缘两年了。托米的英文名其实不叫这个，只是他常年喜穿各色 Tommy Hilfiger（汤米·希尔费格）牌的 POLO 衫，就被大家叫成托米。

托米头脑清晰、资历不浅，又是名校毕业，按理说在这里并不应该坐冷宫，或者说，就算坐了冷宫，也早该另谋高就了。可托米似乎无欲无求，很能在这个鸡肋的位置上待得下去。

这就苦了小娇。小娇从小是个乖乖女好学生，在“最难毕业季”时挤进这家知名的传媒公司，铆足了一身劲儿，以为自己进入了行业核心，结果发现自己还没入宫就先进了冷宫。更郁闷的是，她由于专业不对口，只得了个助理的岗位，每天端茶倒水、打印装订，不知何日是头。

这让小娇很是焦灼。她来这里是为了学本事，情况理想的话，她也不是不想在这家大企业升职加薪走上人生巅峰的。但现在明摆着在这个公司接触不到核心业务，日后往别的公司跳槽时，也写不出几分履历。如果当机立断辞职呢，作为应届生，又很难向下家解释，因而眼下只能在这里熬着。

在这里我们不得不说，小娇的确是有些傻拗，错过了当机立断的机会。要知道，在这个求贤若渴的城市，换工作是再正常不过的事儿，谁能够刚刚好三年一跳槽，而职位恰好是助理、业务核心人员、项目负责人、部门总监？这个城市大部分的年轻人，都任性、随机。往往因为一张泰国的打折机票就决定了一次离职，因为一个便宜的单间便草草确定了求职的地理范围。

像小娇这样一心求稳又不敢争取的女孩，注定难有好结局。

3. 研发中心

尽管这是个号称“内容为王”的时代，但大家也知道那只不过是说给资本市场和客户听的。谁不是你抄我，我抄你，抄得好的一样受人膜拜。

而作为传媒大亨业内大佬的鲍总，深谙此道。鲍总手下各个部门的负责人都是一些平庸之辈，唯有如此才能够任鲍总差遣。托米的部门本来是叫策划部，现在叫了个洋气的名字——研发中心。

然而名字再洋气，职能也是形同虚设。最初的时候，“鲍鱼党”还没有空降到这家公司，策划部是当时的核心部门，连托米在内有十余人。“鲍鱼党”时代开启后，旧党被逐一排挤掉，策划部当时的负责人带了所有人离开，而不知为何唯有托米被留下了。

鲍总与托米一见如故，托米便从策划部副总监开始，做到了而今的研发中心总监。但是所谓策划也好，研发也好，终究是一个产品也没有上线的。鲍总并不在意托米这块业务，只是把他当个顾问，饶是给他升了官，工资却是一点儿没见涨，只见年年画饼。

托米没有离开公司的原因，一个是因为名义上的职级高，另一方面是鲍总根本不管束自己，他每天利用公司发展来的关系接私活，同时把私活混在公司的事情里一并分发到下面的业务人员手上，活得也是滋润得很。

3. 恪尽职守

小娇入职后的一段时间里，整个研发中心一直寂寂无闻地做着无用功，业务人员走了又来，来了又走，只有小娇总是雷打不动地帮大家贴票、找资料、做些边缘事务。毕竟她专业并不对口，所以只好努力地融入着。

而其他部门，诸如余总负责的营销部门或王总负责的销售等部门则可谓是能人辈出，想通过“鲍鱼党”入主权力核心的人并不少。不过这些人总是雄心勃勃地来，黯然销魂地离去，换了一拨又一拨，这“一家三口”将权力握得越来越紧。对于那些刚熟悉的同事，有时小娇一时兴起带了自家烤的曲奇想巩固下感情，就突然发现对方座位上早已换了人，空留下一个“祝老东家步步高升”的朋友圈。

换了别人可能也就离职了。可小娇的家庭算是小康，因而并不需要她急于求成。加上小娇有股倔强性子，不相信自己在这么大的公司就真的会一事无成，因此拗着也要把自己留下来。更何况在她看来，托米能说会道、左右逢源，鲍总刚毅果敢、博学多才，王总口才绝佳、豁得出去，余总年轻有为、意气风发，她小娇耳濡目染，总归能学到些什么。

最近，她由于安于职守，渐渐地在公司有了些分量。因为研发中心的人平均都待不上几个月，故而反衬得小娇的坚守显得很是可贵。不论托米还是其他部门的人，都对小娇有了些尊重，还经常把一些比较机密的吐槽专门向小娇倾诉。

但是小娇随即发现这样的尊重不要也罢。因为托米吃定自己不会走，就把自己死死按在“部门助理”这个岗位上。业务人才走走来来，一个也好，三个也好，总是差不多能做完部门所有的事情，还能领些功赏。而助理则不一样了，接电话、打印、订饭、贴票、传递消息、帮领导摆谱，事事离不了，又事事不重要。

起初小娇对于那些所谓精英的业务人才还是很尊重的，后来发现那些人不过是在刷网页、逛淘宝、趴桌子上睡觉而已。托米要方案了，他们就临时东拼西凑一篇东西，打字倒是飞快。

她认为就是这些人不负责任的态度，导致研发中心一个产品也没上线。因而再有别人叫她打印贴票，她就会明里暗里“点”他们一两句：“票报了这么多，项目怎么没进展？”

也并无人理睬她。她的指责或是抱怨，消散在五月下午春困的空气里。

4.“你要乖”

小娇当初一心是想跟托米学东西的。可如此一来，小娇只提升了自己订外卖的技能。

校友聚会的间隙，她同师姐聊天，为自己的现状焦虑。师姐建议她尽快想法子在本部门转至业务岗。

小娇早有此念。可是这公司名校、海归、硕士一堆，她一个普通的本科生，专业还不对口，如何拼得过别人？

师姐对她说，这个时代，别太犹豫，你说你行，你就行。

存着这样的念头，她对托米就更加千依百顺了。她没有男朋友，托米也没有女朋友，两个人谈天早就跨越了工作的界限，经常公事私事混在一起讲，加上整个部门前因后果也只有小娇懂得多，因此二人总是有商有量的。小娇想着趁二人感情还不错，就把转岗的事提了。

托米对小娇一直不错，甚至有一次小娇被品牌部总监林达恶意刁难，也是托米出手摆平，颇有护花之感。

某日托米钱包丢了，找小娇借了五百块。第二天下班后托米还没还钱，小娇主动问他要。托米揶揄她小气。

小娇脸色尴尬，说今晚还等着要交房租。

托米听罢，非常大方地一把拿出了五百，放在小娇手上，说想不到她跟着自己竟然还经济压力这么大，下回如果有需要尽管跟他说。

小娇自以为时机到了，对他说如果借自己钱，不如授人以渔，是否能够将自己转为业务岗，毕竟自己每天订饭贴票也总没个长进。

小娇没想到托米突然把脸放下来，一只大手摸在自己脑袋上，语重心长地说了句："你要乖。"

这句话可做几重含义理解，一是小娇要乖，以后尽量别再问这种问题；二是小娇只有乖才有希望转岗；第三种意思，小娇很久以后意识到：温柔体贴有求必应在职场上算个屁，你我之间到哪一步了你提这个？

不过当时，小娇从托米的神情来看，是第一种解释。

小娇感到了一种深深的挫败。

5. 女朋友

托米单身多年，最近终于找到了个女朋友。这女朋友的优质程度有些超乎托米的意料，使他最近心情畅快如风。这女孩子虽说年纪不小，但样貌清纯，海归背景，吃饭最在意食材的新鲜与否。当小娇耳闻多次直至最终看到她的模样时，不禁暗暗有些自惭形秽。

女朋友的工作很是清闲，因而连托米加班都一定跟着，还给大家带她烤的焦糖布丁，口味很得大家称赞。回家后据说也不闲着，跟托米说她看出某女职员和某男职员是天生一对，让托米多给他们创造机会。从此这两位同事就以讹传讹地被说成有一腿。

那个女员工性子火，直接离职了。

在一次部门聚会上，小娇和女朋友挨着坐着。酒过三巡，女朋友突然说道：“小娇，我们结婚时你给我当伴娘吧。”

小娇心里咯噔一下：“他们已经谈婚论嫁了？另外伴娘不该是女方好友吗？”

女朋友好似看穿小娇心事，可怜兮兮地说：“我岁数大了，闺密都已经嫁了……”

小娇不忍心看她自贬，只得马上受宠若惊地答应。

只不过要知道女朋友和托米都是北方人，小娇到时候不知道要到多远去当这个伴娘。但不管怎么说，小娇还是把伴娘一职放在了心上。女朋友让她督促托米少喝碳酸饮料，她尽量好好做到。

6. 相亲

小娇近来有些苦恼。

自从托米的女朋友认得了小娇后，已经给小娇介绍了不下五个男友，个个都是她口中极优秀的。

譬如最近女朋友邀请托米全部门去屯里的一个 bar 参加智力竞赛（实则是相亲会），想推销给小娇的乃是其中一位智商高达 180 的男生。相亲小分队倒是的确在度娘的帮助下赢了智力竞赛，然而那个男的其貌不扬，也并没有感觉出智商很高，总之小娇并没有看上。

那男生对小娇倒是颇有兴趣。饭后面对小娇闪躲的辞色，女朋友故作大度地表示并没什么所谓，那男生条件好得很，压根不用你这样踢皮球。果然不出两月，托米就在办公室里对所有人说，上次那个180男刚刚创业融到两千万，且新交到的女友是90后的女公知李圆船。

小娇听了不作声，只是觉得他们太强人所难。

她的确希望自己未来夫君是180，不过那是指身高而非智力。

许久没提“鲍鱼王”这一家了。

这家公司的企业文化近来很特别，开始宣扬内部恋爱。且不消说鲍总和王总两口子一直是恩恩爱爱、勤勤恳恳，把公司当成家一样，今年还去美国生了一对双胞胎儿子。将这种家庭氛围正式上升为企业文化的缘由，则是因为一家三口的“太子”余总在自己部门谈了个恋爱，被一个外表酷似桂纶镁的姑娘拿下了。前阵子他在鲍总双胞胎儿子的满月宴上正式公开了恋情。

紧接着就是集团年会，轮到小娇的公司在全集团面前展现公司风采的时候，全公司选了三对情侣上去表演。余总和“桂纶镁”首先介绍了自己的恋情，“桂纶镁”还在台上穿了婚纱。这个节目的主旨就是说，我们公司的文化就是把公司当家，我俩恩恩爱爱、互相鼓励、一起加班，就权当约会了。

只不过余总和“桂纶镁”婚后并没有继续在公司约会。由于余总工资很高，两人结婚后“桂纶镁”也就在家歇着了。辞职在家的理由很冠冕堂皇，是为了考研。

7. 求婚

转眼托米要求婚了，这件事情也交给小娇来办。可是小娇的父亲正查出肿瘤，来到小娇这里做放疗。眼见小娇为难，托米大度地让她安心伺候父亲，直到小娇的父亲手术成功回家疗养后，才让小娇着手准备自己的求婚仪式。

小娇把手术后的父亲送到机场后心情很恍惚，却还是打车去批发市场给买了蜡烛、假花瓣，订了气球。部门其他的姑娘头一天就被安排去公司附近的几个地点实地踩点。最终托米选中一个风景不错价钱也公道的场所，唯独不清楚食材是不是够新鲜。

托米为了给女友惊喜，特意告诉她，这天部门一个拿了奖金的人要请全部门大餐。女友一如既往积极地答应，毫不介意在晚高峰时段顶着寒风前来出席。

一切安排都定了，托米又拉着小娇陪他买订婚戒指。

临到了金店，托米看到周大福出了一种凯蒂猫的项链，又临时起意改为买凯蒂猫的项链。小娇问怎么不买戒指了，托米说那这样的话岂不是结婚又要再买？何况她一直喜欢凯蒂猫。

小娇觉得有道理，就为他选中了一款凯蒂猫。

由于部门的人太少，不够举气球和牌子，托米还让小娇叫上了离职的同事们。这样终于够举气球和牌子了。小娇早早找好了求婚音乐，可惜店里的音响却连不上小娇的手机。女朋友眼见已经快到餐厅门口了，小娇只好跟在她身边，用手机功能放了求婚音乐。女朋友每走到一个牌子处，小娇按照托米交代的流程给她留够读告白字牌的时间，然后把同事手中的气球交给她。

走到最后是一间包房，托米在蜡烛和假花瓣中间举着一大束玫瑰，问她答不答应。

女朋友微笑地说，让我考虑一下。

托米有些焦急，把玫瑰再往前递了递。

大家眼巴巴看着，女朋友就随和地答应了。

托米拿过气球下面吊着的盒子，给她的脖子戴上了凯蒂猫。

小娇看到这一切圆满了，才想到自己一直没来得及问父亲开刀后坐飞机是否顺利。

一时间这公司娶的娶嫁的嫁生的生，加几天班都能滚出个老公来，而小娇却只能静静度过自己的二十五岁生日。

她也并非没有人追求。这天她的桌上就多了一瓶不知何人送的鲜花。她左思右想，试探了好几个人，也还是没有答案。很多人来插科打诨，问小娇谁送的花，她还是顶住压力，把鲜花摆在自己的桌上，精心侍弄，鲜花也争气地绽放了两个星期。

8. 禁烟令

近来天气更加寒冷，打卡偏偏更加严格，电梯却总是挤不上去。原因是最近分出了一部专门直达十六层的老板专梯。

这家集团不高不矮一共十六层，人员不多不少一千多人。老板在顶楼十六层，而小娇公司在十一层。由于电梯不够用，小娇公司的人只得在早高峰时乘专梯上到十六层后，再通过楼梯下三层之后方能到达十一层。

也许你要问为何只要下三层就能从十六层到达十一层——原因很简单，因为这家公司的大楼为了吉利避讳一些数字，故整个大楼没有四、十三、十四层。

所以，小娇清楚地知道这不是一栋十六层的大楼，而是十三层的。

当老板高高在上地坐在十六层办公室看风景时，其实他屁股所坐的正是最不吉利的十三层。

每每想到这一点，小娇就很为老板捏一把汗。

这楼里其他公司和小娇公司的业务几乎没有关联。但由于整个集团的招聘标准过于严苛，人才流失又很惨重，所以对于一些文案、平面设计之类的万能职位，公司之间常常互挖墙脚，省钱又省心。

小娇还不太熟悉这些套路，因此当离职三个月的前同事阿杰出现在公司电梯门口的时候，小娇以为自己撞鬼了，刚刚举起手想 say hi，被对方用眼神制止了，然后小娇的微信就收到一条：我已去了三楼公司，等下一起下楼抽烟。

禁烟令后，相约楼下抽烟成为了大家主要的社交。

小娇并不抽烟，但出于过去的同事之谊，她到了楼后抽烟集散地。为了避免尴尬，她还拿了杯星巴克的焦糖玛奇朵。俩人坐在花坛沿子上扯淡。

阿杰跟小娇是年会排节目时认识的，有几分熟络。确切说来，阿杰还有些喜欢小娇，这也是小娇眼下坐在这里的原因。

三楼公司是做电子产品的，两人互相吐槽了一番三楼的电子产品公司和十一楼传媒公司后，阿杰吸了一大口烟然后问小娇：“托米的事儿，你怎么看？”小娇错愕：“什么事儿？”

阿杰也愣了：“你不知道？真不知道？”

小娇心里一沉，托米该不会犯了什么事儿要被开了吧？

阿杰：“他和国际部的Joanna……”

阿杰挑了挑眉毛，使了个地球人都知道的神色。

小娇不愿意相信：“托米？——他不是刚领证吗？”

但是她又不能完全否认，托米最近的确被国际部的Joanna迷得神魂颠倒，茶饭不思，时不常情绪低落如大姨父发作。

可是Joanna那么高傲，大概是吊着托米罢了，难道两个人竟然……

Joanna很漂亮，从法国留学回来的，不过也就是那种寻常职场丽人式的漂亮，并不及女朋友好看。Joanna看起来年岁也更老一些，三十二岁左右，妆容精致打扮入时，一副不吃亏的样子。而女朋友则清纯脱俗，显然更宜室宜家。托米就算再好色，总不至于在结婚当口为了这么个人犯糊涂吧？

另外就是，小娇和托米同部门都不知道，阿杰在三楼却能知道？

阿杰一指楼后面那些抽烟的男男女女：“自从这个大楼禁了烟，整个集团就没有秘密了。”

小娇回头看那些一起抽烟的人，都在开怀地交流着什么，看来真像阿杰说的，整个集团都没秘密了。

小娇催着阿杰快说说到底怎么回事儿，阿杰只让她自己观察，告诉她已经百分之百出了事儿。

小娇这时候想起的却是另外两件事儿。一是托米一直迟迟不给自己换到业务岗，第二件事是她还是托米女朋友的伴娘。

最近女朋友已经在网上看婚纱了，从淘宝设计师品牌看到仿制的薇薇王，只是做不了决定。她让小娇帮自己参考，顺便甩给小娇一些粗制滥造的链接让小娇挑选伴娘服。

小娇心想托米这回大概是玩大了。

10. 上海展会

这周，全公司要赴上海参加一年一度的行业大会。而公司行政不知怎么出了纰漏，没给国际发展部订房间，Joanna 和她同事只好自己寻了个离会场很远的宾馆订上。原本这个会一向没有研发中心的人参加，可如今托米却突然命令小娇订酒店，且指明要和国际发展部订在同一酒店。小娇便心知阿杰说的没有错了。

托米让小娇订两间房，原说带部门另一个同事去参会，而小娇使了个心眼，跟托米说自己想去。托米觉得带小娇也好，端茶倒水鞍前马后都有人照应，在 Joanna 面前也好摆谱，就答应了带小娇。

还没飞机上时，托米就已经按捺不住，不过一个多小时距离，还要换到 Joanna 身边，聊宇宙人生。看样子杰哥情报不准确，因为从话题来看俩人还是以互相吹牛 × 抬高自己为主，关系应该还是在暧昧期，否则托米也不至于这么大费周章地追到上海去。

托米应该是押宝在了上海的这两晚，不过如果这次 Joanna 还是继续吊着他的话就不知道托米会怎样悻悻而归了。

女朋友还在给小娇发各种各样的婚纱样式。她听说小娇跟托米一起出差，三分钟就要联络一次小娇，问他们在干什么，或是推荐他们吃喝玩乐的地点。小娇自然回答说没空闲逛，而且马上自己就被抓到行政部门充劳力了。女朋友这才消停一些。

真相是，一到上海，托米就带小娇吃了顿好的，然后叮嘱她这几天自己去吃玩，他有许多应酬就不再管她了。小娇乖觉地应下。

结果奈何第二天一早，小娇去吃早饭时碰到托米和Joanna同出房门。这场景里最尴尬的似乎是小娇，托米看到她简直恨不得高兴地和她打招呼，让她知道自己成功了，而Joanna一副似笑非笑的表情，脸都没红一下。

第三天自由活动，小娇有意选了一个不那么出名的商区买东西，结果又碰到托米和Joanna牵手逛街。这次，小娇和托米对视一眼，脸色一沉，凌厉地看着他们，然后轻蔑地转身离去。

留下托米错愕的表情。

她这种表现是精心设计的。头天早上由于事发突然，没来得及做出这个姿态。但眼下这种情绪也不完全是装的。托米是她的第一个领导，公司有名的才子，鲍总对他的思想学问也很肯定，甚至“鲍鱼王”一家对他都是毕恭毕敬的。她不能接受托米是这样的人。

不过，更加难以接受的是，她毕业整两年了，工资还没有超过四千块。于是那个包含着威胁、挑衅与嘲讽的微笑，她竟然无师自通了。

小娇原本家境无忧，然而父亲今年患肿瘤后提前退休了。她知道若想维持自己原有的生活水准，务须尽快转岗加薪，同时再寻一个有钱人结婚。

女朋友的担心没有错，小娇的确一直倾慕托米，从入职开始就心动了。但接触之下很容易发现托米出身寒微，所在领域的工资也很是勉强，即便他没有女朋友，小娇也不会真的打他的主意。

家里也在给小娇安排相亲，对方不是做金融的就是律师，各个对象的工资都高过托米好几倍，只是容貌性情都还不足够中意，中意的又看不上小娇。但反正时间还有，小娇打算先提升自己。

11. 顺利转岗

从上海回来后，小娇又提了一次转岗，义正词严，言语之间是鱼死网破的威胁。这次托米同意了，但作为报复，他只给小娇转了业务的最低职级。工资只涨了四百块，而所有的打印、贴票、订机票等杂役照旧归她，等于一人做了两人的事，名义上托米却又是小娇的恩人。小娇只得隐忍下来。

托米和Joanna开始热恋，托米常常夜不归宿，而另一边他已和女朋友领证了。不知道出于什么心理，托米和Joanna的办公室不伦恋搞得异常之夸张，一起上班还搭同一部电梯上来，中午小娇订饭时还要专门去国际部问Joanna吃什么，搞得公司议论纷纷。

小道消息传来，Joanna已经公然承认托米是她男友，大家质疑说托米不是有家室吗，Joanna 一笑说，他老婆早已经搞定了。

而搞定是什么意思？分手？离婚？不得而知。

小娇这里知道的是，托米对女朋友称在外面接了项目，便常常整月住在 Joanna 那里。托米确实也挣了很多外快，在金钱的保障下女朋友那儿的关系还算是稳固的。

小娇每每在厕所见了 Joanna，实在忍不住自己鄙视的白眼。在她看来，这种女人要么去傍大款就好，要么玩够了找一个老实男人嫁了也好，年龄已经到了这样的赛点，却在这里试图挖托米这种不穷不富的新婚男性的墙脚，要么是蠢，要么脑子有坑。

不知道是不是 Joanna 的缘故，托米和女朋友原定的婚礼日期一拖再拖，直到第二年的下半年，托米才和女朋友办了婚礼，小娇方才如约去祖国的最北方做了他们的伴娘。

婚礼前夜小娇在女朋友家中和她挤同张床睡，关灯后女朋友突然问小娇公司是否有一个国际发展部。

小娇说有。后面的话女朋友没再问，小娇也没再说。

小娇心想，她难道一直是知道的?

寂夜无声，好像有什么还没开始就结束了。

小娇本来是很纠结于这个约定的。她一直以为婚礼是纯洁神圣的。她曾经向闺密倾诉过这个烦恼，闺密性子直，告诉她千万别去，给这种婚姻做见证，自己是会受诅咒的。

然而次日是个大晴天，小娇心情大好。海外留学回来的女朋友，家里的布置却并不讲究，她们起床后被子一叠就做了婚床，上面的粉床单还是八十年代的印花，连个床罩都不铺。托米带人来接新娘，一通混战，小娇借着给女朋友照相，自保地站在一边。而纯白的婚纱在那粉花床单上，怎么看怎么别扭。

婚礼倒是感人肺腑的，女朋友一踏入饭店的会场就开始哭，托米也哭了，他的一番慷慨陈词让小娇相信，回到公司托米就不会再搭理 Joanna 了。

而真相是，从托米老家回到公司，托米、女朋友、小娇三个谁也没发朋友圈，喜糖也没有带给公司。

于是公司里并没有人知道托米办了婚礼，Joanna 想必也是不知的。托米借口项目起来了，要出长差，干脆和 Joanna 同居，连房子都是另找的高级公寓。这期间女朋友却没有再联系过小娇。

说来奇怪，婚前女朋友经常来托米部门一起团建，现在已经大半年没露面了。

12. 动荡

不多时，国际发展部就被一锅端了。

这种连着部门端的事情，在公司已是数见不鲜。当初掌管这家公司的是集团老板的几个哥们儿，待到鲍总携夫人空降后，将其他几个合伙人的旧部队尽数驱赶。国际发展部的总监原也是一位合伙人，但由于“鲍鱼党”的排挤，整个部门已经像行尸走肉一样存在了很久，总监也好，Joanna 也好，完全就是会说各国语言的花架子而已，成天什么事情也不做。

既然整个部门都端掉了，Joanna 自然也就消失了。不过 Joanna 走后托米还和她同住，而同时几乎是突然之间研发中心受到了重用。

这要归功于公司去年的大项目赔惨了，牵连众多，鲍总为了给集团老板个说法，抓住的救命稻草竟是托米部门研发了几年都没通过的某个项目。那个项目换了好几任负责人都被鲍总损得狗血淋头，没想到如今一下子抬到了“事关明年公司整体业绩的重大项目”的位置上。

小娇总算等到这一天，虽然这个项目不是她做的，但由于之前的人走了，正好轮到她接手这个果实。近来小娇特别忙，先是整个部门明年的预算扩了几倍，全要重做，其次人员架构也不再是三四个人的小队伍了，而预备了一个大架构出来。托米哪知道自己部门一下子升天了，这时候又在私活上，经常不在公司，于是一股脑的事情甩给小娇。毕竟他和 Joanna 租了高级公寓，已经过上小日子了，托米必须多接些私活。

如此一来，小娇少不了要经常在鲍总面前帮托米盯场子。原本小娇很怕鲍总，但接触多了之后，小娇发现鲍总也不是那么高高在上，反而很是狼狈。

这回大项目赔惨了以后，鲍总的权限锐减，每笔支出只要超过五万就需要到十六层找老板签字。而过去三十万以下的单子都是鲍总直接签字就可以。

这使得全公司的流程都放慢，“鲍鱼党”在公司的权威颇有些动摇。鲍总见状只好恩泽广布一些，过去从来不得宠的一些部门现在纷纷得到了鲍总亲自嘘寒问暖和画大饼的待遇。

研发中心和其他几个几乎“不存在”的部门现在也可以在公司大声说笑了。

小娇的脸上也开始有了光彩。来公司两年多，总算有那么一点点希望了。她希冀着部门明年的发展，部署着自己的升迁，也期盼着托米和鲍总允诺的奖励。她最近也有了招人的权限，面试好了一个实习生，终于可以把贴票订机票的事情指使下去了。

总算熬到可以指使人的位置了，小娇想。

13. 意外的告别

年底了，托米约小娇到会议室密谈。小娇笑吟吟地进了两个人的会议室，她心里正盘算着明年的发展目标，以为托米会拉自己入伙，将来共分一杯羹。而托米却用阴沉的声音叫她做好心理准备。

那种阴沉的声音就像通知她命在旦夕一样。

小娇愣在那里，心想，最近势头那么好，总归是好事情吧？

结果托米劈头就告诉小娇，自己要离职了，问小娇跟不跟他走。

小娇脑子一下子蒙了。熬了这么多年，好不容易出头了，这时候要走？

而托米正笑着看着自己。

托米大概觉得小娇对他感情很深吧？一不提去哪儿，二不提待遇，就让小娇表态，小娇一下子醒了。

既然都是空口套白狼，小娇便告诉托米说，不管托米去哪儿她都愿意追随。

托米很是满意，告诉她自己马上将赴一家竞争对手公司，对方的老板让自己独立运营一家自己的工作室，给出的是让他无法拒绝的待遇。

小娇微笑地听着他讲自己如何受到了对方老板的赏识。对方贵为身价千亿的名人如何三顾茅庐请他吃了三次饭，他方萌生去意。

那家公司的名字小娇不陌生，何况 Joanna 就是从那家公司跳来的。她是如何一步步驯夫成龙的，不得而知。

小娇用全部神志来附和他，并在恰当时候恭喜。

出了会议室，小娇再也忍不住，眼前一阵黑，最后一屁股坐在安全通道的台阶上。集团大楼没有天井，禁烟令前的楼梯间过去曾是烟雾缭绕的吸烟圣地，禁烟令之后倒是没有烟味儿也很少有人经过了，但经常传来哭声。毕竟人少了之后，在那里哭会变得很隐秘。

小娇坐在台阶上的时候，楼上就有个姑娘呜呜地哭着，还有个同事在一旁陪伴她。可是小娇身边连个同伴也无。

要知道，鲍总刚刚将托米部门第二年的预算翻了数倍，人员架构也加到四十人，都是小娇亲手做的方案。到时候小娇一人之下三十几人之上，也不枉这几年隐忍。

而托米到竞争对手公司单独成立自己工作室的构想则不容乐观。小娇深知以托米的能力在一家大公司里还可以浑水摸鱼，若是依靠个人能力，最后工作室绝做不出来成绩，何况他对小娇并不好，直到最后也没给她承诺待遇，竟然是叫她自己同人力谈。

而若不去呢？以小娇的资历，托米走后也无法上位，等于是死路一条。回头新来一个领导，定会带来自己的人，小娇要么被挤走，要么将彻底地被边缘。

小娇觉得有些绝望，后悔自己这些年一事无成，早知今日，当初应该将重心放在找老公上。

说得就好像找老公多么容易一样。小娇之所以没选这条路，大概是因为她并不懂得如何谈情说爱。

说到情与爱，小娇一直在心里暗暗等着某一天遇到女朋友来大闹公司，当众戳穿奸情，泼 Joanna 一脸硫酸。但谁知 Joanna 走了，托米也要走了，这一切也都没发生。

留她像个傻子一样停在原地。

14.“鲍鱼党”前传

转眼之间，托米就迫不及待地写起了辞职报告，大家都下班了，托米还在电脑前。他以帮忙打印为由命小娇留下来陪加班。小娇打印完后托米在上面签字，托米边签边告诉小娇，鲍总当年说了要培养两个年轻人，一个是余泽，另一个是自己。

小娇自打进公司就陪托米进冷宫，想不到他也曾风光，一时有些惊讶。

待到小娇再听下去时，托米却缄默了。

次日托米进了总经理的房间许久没出来。她到楼下停车场透气，不知谁给自己递了根烟，小娇拿过来就抽了，好像无师自通。

对方说：“你是十一楼的小娇吧？”

小娇也不诧异，最近风头紧，“鲍鱼党”都不在十六楼现身，小娇天天往老板那儿跑，大家认得她也是自然的。

紧接着对方又说：“你是二〇一三年五月来的，现在已经三年半了。”

小娇这才有几分诧异，再一看对方，原来是入职时给自己做培训的人力大哥。他也是老人了，之前一直在十一楼，后来十六楼缺人，就去了十六楼老板身边。

小娇悲愤交加地跟人力大哥倾诉了自己失败的奋斗史。

人力大哥却用一种非常宽厚的笑化解了小娇的情绪波动。

人力大哥告诉小娇，托米该走，就算今年得到重用，他也不可能翻盘了。

小娇问这是什么意思，大哥说，托米选错了队伍。

原来公司一开始并不是只有“鲍鱼党”的，当年鲍总携一队人马空降，其中有两个女人都是他的“女朋友”，一个是他现在的夫人王总，另一个则是现在品牌部的负责人林达。这两个人在之前的公司就是鲍总的“左膀右臂”。只不过王总刚来时的位置比林达低得多，身份只是鲍总的助理。

小娇一方面三观尽碎一方面这才恍然。林达几个月都不在公司出现一次，偶然出现的时候就是盛气凌人。而她却一直稳坐其位，没有嫁人但名牌包是一个个地换。她并不漂亮，因此想不到竟是鲍总的女人。而鲍总一副文质彬彬的样子，从来没有绯闻，没想到在同一公司就有两个女友。

人力大哥又说道，鲍总当时确实也是想重用托米和余泽这两个年轻人。托米和余泽也分别选择了一个女人结党。余泽当时选了没什么学历，销售出身，当时还是鲍总助理的王总，最后和王总一起登上副总之位，形成“鲍鱼王”格局。而托米选择的是学识能力气质都更胜一筹的林达，最后两个人输得一败涂地。

人力大哥说，要说喜欢，鲍总自然是喜欢林达，毕竟她为人正派，是鲍总先追的她。而王总连高中都未曾念完，从产品地推做起，为鲍总拼尽一切打下江山，鲍总一开始只是利用她，但回过神时发现这个女人在整个中国上至省会下至十八线县城都早已成为他鲍总的代言人。

对了，鲍总其实并不是老板请来的传媒大亨，而是他来了之后，林达透支了她几十年的媒体资源，将他一举塑造成了传媒大亨。又在大数据时代刚刚开启的时候，巧妙偷换概念截取数据，将公司跻身行业前三。

当年鲍总已经离婚，无子，但还是看重名声，敬告过林达和王总两位要低调。

林达在这方面要脸面，人前人后很是注意。但是王总却总捅一些诸如“大会上给鲍总递自己水杯”这样的篓子。

托米和林达见王总地位渐渐抬头，开始联手踩她。余泽一力抬举王总，跟林达每天开会抬杠，王总也开始对鲍总做出一副分手也可的姿态。

这下子鲍总真有些慌。

要知道林达做的事情是可以被过河拆桥的，鲍总既然已经是传媒大亨，公司既然已是业内前三，这种印象是不容易被轻易扭转的，林达的地位从此也就可有可无起来。而王总，如果被拆桥，公司就等于垮了，下面的江湖人士是只认王总这个可以豪饮的女人而不认文质彬彬的鲍总的。最后，鲍总在人前默许王总的太太身份，并升了她和余泽为副总，“鲍鱼党”战线才真正形成。

从此林达就被供养在公司，也不怎么上班，而托米则一直留在冷宫里等着翻盘。

不过，今年情势已经很明朗了，鲍总和王总在美国做了试管婴儿，两个男婴诞下，林达没有翻盘机会，托米也很可能被王总斩草，他自然也就再没有留在这里的必要了。你看，林达这不交男朋友了吗，男友小她五岁，是个模特，她也显得青春了许多。

15. 圆满

小娇还在发愣，人力大哥告诉她：我下周离职，还有什么想知道的，问我。

小娇一边感慨自己来了两三年，自以为了解公司很多，却其实一无所知，一边发自内心地感慨：“我想知道，既然王总能力这么强，为何一定要委屈在这个男人这里呢？”

大哥：“从利益的角度确实不划算。但是她崇拜鲍总，那种崇拜很难伪装。人和人之间的关系，多数时候都是为的利益，但也有很多时候，是为了感情。”

托米走后，小娇还一直在公司留着，因为父亲病情又不好，她在这里资历老，若是真有什么需要，得多请些假，也都还好通融。

春节到了，小娇的银行卡上多发了半个月工资，算作年终奖。这公司一向是这样抠巴的，拢共那么点儿福利，掰开了揉碎了给。

托米已经走了很久，鲍总面见了很多研发中心总监的候选人，总还没有可心的。能力强的，他罩不住，能力弱的，招进来白搭。最好就像现在这样，小娇牵头做着事情，当然，也只是按部就班而已。她发现部门没有托米也照样运转，少了很多夹裹在其中的托米的私活，整个部门还轻松了不少。

小娇再看到王总的时候，总是怪怪的，何况她在开会时不经意地抱怨过，由于她和鲍总还没领证，自己俩孩子还是黑户。她这样自曝其短，也许是为了逼宫，但终究显得狼狈而可怜，毕竟孩子都生下了。

小娇父亲的病情急转直下，又来住院。五十七天后，小娇父亲病逝，家人将他葬在了这座城市的郊区。小娇本想着把父亲的遗骨送回家乡，但家人都说，毕竟你父亲的墓地，要在你方便看望的地方。毕竟你以后定居在这里了。

为父亲守完七七，小娇打定主意要先嫁人了。

她穿上了面试时的衣服，打算向人力提辞职。

托米已经走了，以小娇的职级不会有高管级别的人知道她离职，直接由 HR 签字就可以走，整个流程一天就可以办完。

可就在她的离职申请签到财务的时候，忽然有人通知她鲍总找她。

小娇有些诧异，走进这间她熟悉的、签报销单据的房间，就当是一次正式的告别。

鲍总坐在办公桌后面，没说话，小娇却并不害怕。不论做错了什么，反正今天就走了。

鲍总看着她良久，突然用一种深不可测的殷切目光询问："小娇，你勤勤恳恳干了这些年，我想提拔你带带团队。不如我先提拔你为副总监，你看如何？"

06.

一场小学政治生涯的终结

我实在是一个很没有政治觉悟的人。意识到这一点的时候我已经很大了。但是，又有谁能否认，小学是一个残酷的社会，谁有政治觉悟，谁就能过得舒坦很多呢？

1. 政治生涯的开始

小学一年级的某一天，阳光明媚，我被年轻的班主任亲定为班里的学习委员。

班主任当时已经点完了班长和副班长，点到我的时候说实话有些蒙圈——我无甚特别之处，为什么点我？

我甚至连“学习委员”这四个字是什么意思都不知道。

班主任看出了我的疑惑，语重心长地对我加了一句评语：“你们看看小C，她听讲是最用心的，我讲了这么久，她一直保持着这个姿势。”

说时迟那时快，全班四十多道目光“唰”地指向我，而我也的确按照老师说的，两手叠放在课桌前，一直在听讲。

从此我不负众望，次次考试都是100分，称职地起到了学习标兵的作用。

但我对于这小学第一届领导班子，有着一些自己的看法。这个领导班子里，都是好看的人。为什么在幼儿园从来泯然众人的我竟然一举选为了学习委员，那是因为，我头发变长后刘海被梳上去，露出了脑门，并编了一排小辫子，看起来好看而又正派。而从前盖住脑门的我是没有这个资格得到重视的。

被选为班长的姑娘是小珊，有些黑但气质很好，脑门更大。别笑，小学一年级的人也是分气质的。这一点我是在学校舞蹈队选人的时候发现的。

舞蹈队老师在校园里自己当星探，我在花坛边被选中，得到一封培训通知。后来进了舞蹈教室一看，都是不认识的人，除了小珊。为何班主任和舞蹈老师的选拔标准如此一致，我只能说小学一年级的选拔完全是看脸。我和小珊因此经常在一起，成了好朋友。上台跳舞是我们，被表扬的是我们，什么都是我们。

一年级结束的某一天，我们俩打扫完后最后离开了教室，往校门外走。

我早已知道小珊下学期要转学去深圳了，但并不知道这意味着什么，只是暗暗希望这段路途能够长一些。

我们像过去一样闲谈，当时我还不会说一些郑重的道别的话。小珊突然一反一年来的常态，像个大人一样，也把我当作大人一样，低声对我说了一句："我走了以后，肯定是涂小秀当班长！"

我压根没想过她走后谁来当班长这个事儿，也不知道她为什么这么认为。涂小秀的学习一般，人很泼辣，目前只是个小组长，老师最近的确多提了她几句，但是当班长应该必须稳重漂亮学习好吧?

但是她说得如此肯定，为了掩盖我的无知，我连忙点头附和。

也就是这一天我才知道她像大人的那一面。这才知道平素漫不经心的她其实是在意班长这个位子的。那一年我们七岁。

2. 没有上位而不知自省

令我惊讶的是，二年级伊始，老师真的让涂小秀补位当了班长！这时候小珊已去了深圳，我再也没有办法问小珊她是怎么提前知道这次权力异动的了。

现在我回想，如果说班长补位人选，其实我的成绩和威信最有资格，至于为什么没有升职，大概是我当时实在太蒙圈。比方说，老师说刚才被记下名字的同学罚抄《小学生守则》二十遍。我脸上挂不住，边抄边哭，最后老师只好免了我的罚。虽然得到了自己要的特权，却完全暴露了缺少一种身为领导干部身先士卒的政治觉悟。

因此我一直担任的是学习委员，这有名无实的一个虚职。表扬场场不落，但是从来没有过"记同学名字""看大家自习"这些特权。那些表扬迷惑了我，当班长离开，作为第一顺位的我竟然没有补位，其实已经说明我的政治生涯堪忧了，而我却毫不自知。

很快，班里转来了一个姑娘小梦，她性格很内向，文静而漂亮。后来发现小梦的成绩和我一样好，我们因为这种好生之间的相吸成了好友。

小梦成了小珊之后第二个我最好的朋友，尽管她一直很内向。

3. 转学后的重逢

三年级，我也因为搬家转学了。我家搬到了很远的红花湖公园旁边，我爸的项目做起来后，全市的小学生都陆续到那里参观玩耍。我爸有一天告诉我，明天中午你可以去公园玩，你以前小学的老同学们也要来。

我很感谢爸爸告诉我这个消息，那天，我怀着激动的心情，一路奔过公园的草坪，去看老朋友们了。

分别尚不久，还没有生出隔阂，班里的同学们看到我都很高兴，大家一团玩闹。年轻的班主任此时却已然有了一种拒人于千里之外的姿势，双手抱肩，问我还记不记得自己，全然不似当年对我那样温柔。我有些怕这样的她。

当年的护花死党们一冲过来就纷纷告诉我——你的位子被人霸了！你的位子被人霸了！

我还以为是我看电影的座位，就说我随便坐就行了。

他们说不是，你的学习委员之位被霸了！

我听明白后一口嫩血差点儿没喷出来，废话，我人都走了难道还能把我的牌位供起来不成？

但足见他们一片护花之心。

为不扫大家兴致，我问道：“是吗，谁当了学习委员？”他们不爽地远远一指：“就是你的朋友王小梦！”我此时恍然大悟。我就是没有小珊的觉悟，当时小梦和我成绩一样好，我走了可不是她当学习委员吗，那还用问吗。

我完全不介意，仿佛我完成了一次很好的政权交接，把这炙手可热的职位过继给了我最好的朋友。可惜小珊没有这等运气。

我走到小梦身边，两人依旧如故，挤在一个座位上看电影。这个时候又有人来报：小 C 你知道吗，小珊回来了！

我非常震惊。我从没想过她会回来。

小珊去深圳后曾经给我打过一个电话，让我猜她是谁，我猜了个遍之后她报上了文小珊的大名。我高兴得快要跳起来，因为再不联系我真的都快把她忘了！我们聊了很久，聊到无话可聊，就开始问对方的语文课学到哪里了，各自语文书有哪些篇目，哪些她有而我没有，哪些我有而她没有，一直把整本书说完才结束了这场长途电话。

但是我其实已经习惯了与她的告别。

电影的中场，同学引着我到了文小珊那一排，我们热烈地向对方挥手，但不知道为什么谁也没有挤出来或者挤过去。

多年以后我回想起来，忽然觉得，不妙。我走了之后小梦补了我的位，那小珊回来还能官复原职吗？老师能把涂小秀踢走吗？似乎不可能了。涂小秀当上班长后的那一年非常狂妄嚣张，经常对同学动手，我都怕她。但随着我见识的突破，意识到班干部除了我们这种性格文静学习好的，还有一类容易上位的就是涂小秀这样的。

文小珊的日子恐怕不好过。

4. 一个中心，两套班子

当时我全然不在意护花死党们说的“学习委员”之位被小梦霸占，很大一部分是因为我去了新学校之后，又是学习委员。

我当时以为是因为我学习成绩又是第一，只要我学习好，当学习委员是必然，其实是错误的。

回想起来，老师为了让我当上这学习委员，下了血本。

我之所以能够在一个新的集体，进入委员行列，真相是，老师是新来的班主任，而我也是新转来的。我和她，是天然的友盟关系。

旧有一套领导班子里，她有不喜欢的人，也有喜欢的人。

只是年幼的我不明白她为什么会不喜欢那个孩子。

过去的班级是围绕在那个孩子身边的。他成为班长的原因很简单，他妈妈王老师是学校教导主任。这孩子成绩、表现都还不差。

新老师非常喜欢两个人，旧的学习委员小玉，和新来的我。

喜欢我的原因再简单不过，我成绩非常好，人也听话，且和这里的过去毫无瓜葛。

而对于旧学习委员的喜爱那就是仁者见仁了。旧学习委员是一个加强版的涂小秀。她是家里的第六个孩子，黝黑，手长脚长。老师格外爱夸奖她吃苦耐劳。后来我知道，这种形象也是一种很好的政治形象。

这一下子就很难办了。她想我上位，旧学习委员又不能下台。同时班长是教导主任的孩子，也不能撤。

办法总是有的。

一天，老师突然公布了新任班干部名单，一大张纸贴在墙上，全是人名。

班长不变，还是教导主任的儿子王小可。旧学习委员翟小玉升职，成了中队长。我成了新学习委员。整个班委和中队委是两套班子，全班将近三分之一的人都成了班干部。

这一点让我觉得很奇怪，因为我一直以为班长就是中队长。我回家跟父母说了，他们嘲笑道怎么还跟国家一样搞两套班子。我也听不懂。

但是我可以肯定的是，这次领导班子变动后，中队长渐渐被倚重，成为绝对权威，班长渐渐被架空。

这里面的很多人被老师提拔又换下，但是不管怎么变，班长王小可却越来越没有存在感。

5. 政敌首次交手

过去的我可以说没有政敌。一年级，我和班长小珊感情很好。二年级，虽然新班长涂小秀很疯狂，但我是唯一两年连任的，反倒成了班里威信最高的干部。

这一次，在这里，我第一次遇到了政敌，那就是中队长翟小玉。

如每一个阶段一样，在这里，依然是只给我光荣，不给我权力。光荣属于我，权力属于小玉，老师计划得很好。

小玉这种吃苦耐劳型的选手不用学习很好，但是可惜，学习是每天都要做的事情，劳动最多一学期两次。

同时老师发明了一种表扬方法，即按照“啪啪、啪啪啪”的方法，为好的课堂问答鼓掌。每天，这五声啪啪啪里，百分之九十是给我的。有时候我根本没有回答，只是小声嘀咕，她也让我大声重复一遍，然后掌声表扬。有时候，大家说得乱七八糟，她点我说，然后又掌声表扬。那个时期，所有人都成了反衬我的工具，我和老师都陶醉在这种互动之中，惺惺相惜。

得到这么多啪啪啪，也不知道有什么用。

然后就不知道从什么时候开始，中队长就和我不对付了。

很长时间里，她在老师面前搂着我夸赞，没有老师在就拉着朋友一起当面诅咒我。

最严重的一次是我被她气回了家。我妈妈来到学校和她谈话，她居然也镇定自若应对得宜。我们之间的矛盾在班主任眼里也得不到任何重视，因为老师问她，她说她很喜欢我呀。老师只当是我心思敏感。

那年我八岁，还不懂得这些基本的手段。

小珊和小梦这样的政治同僚兼好闺密是再不复得了。

我对她感到非常头疼，不过在学习领域，她的存在可以忽略不计。

只有在劳动的时候我自愧弗如。我们班的卫生包干区是女厕所，小玉每次都要脱了鞋泡在脏水里面大拖特拖。第一次老师问谁去扫女厕所时，我碍于身份举手了，其实我不止一次幻想，为什么我们的包干区不是花坛。

脚泡到脏水里的第一次我快死了，但是老师的脚也在脏水里。我习惯了之后竟然也在里面擦了两个小时，觉得还挺有意思的。

第二次扫除老师又问谁去扫厕所，我想起那个脏水觉得实在恶心，愣是没举手，而所有班干部都举了。老师也没有找我谈话，只是那段时间我们之间甜蜜的气氛有些冷却。

因为这些事，老师每次给我的评语中，都会写戒掉骄娇二气。对此，我心服口服。

学习上，小玉永远无法抢走我的风头，而她卷起裤脚踩进厕所那一刻，我根本就输了。

那两年，我被老师和同学共同定位成了学习远比品德好的人。

多年以后我才意识到，自己的德行根本无亏。

6. 政治生涯的终结

在老家半年后我来到了北京。东城胡同里老旧的平房教室让我很难说自己是上了个台阶还是下了个台阶，尽管隔壁可能就住着重要人物。

我已经练就一双火眼，在自我介绍的时候就扫视了一眼全班三十多个人，心里明了若有敌手，也就是那个姑娘。

果不其然那个姑娘是班里的大队长。

是的，北京是有大队长的，广东只有中队长而已，大家身上都别着一至三道杠的“符号”，必须每天戴，校服却只是周一要穿，并不严格。

但是我没想到，一个根本看不出端倪的人，才是这个班的女霸王。

然后我的成绩又第一了……每次这种事情都会重演。

而那个被我唯一忌惮的大队长表现一直不好，被老师树立成了负面典型，天天拿出来讥讽。

一时之间不光同学们，连我都认为自己会取代她。

这半年我要做的事情太多了，融入集体，学会区分后鼻音以及了解一些东西的常用称谓，比如什么是笤帚，什么是簸箕，什么是墩布，什么是小黄帽，什么是路队旗，什么是锅炉房，为什么冬天屋里不用穿棉袄，为什么厕所是粪坑，炒肝难吃往哪里扔能不被发现……一切的一切。

我没想到融入集体这么难。

没想到首都人民抱团的智慧有这么高深。

与我过去四年同学们基本上围绕着“班长—学习委员”这一组政治和文化的中心玩耍的趋势不同，帝都人民有自己的玩法。

首先，更加民主。

我第一个星期就见到坐我前面的、我们班成绩最差的女生小月指着大队长的鼻子训。那个大队长个子高，有气势，一副懒得和她辩论的样子。

这在南方是不可想象的。在南方，成绩不好的人不敢说话。

其次，权力关系多元化。

当时我们班的大队长形同傀儡，不过但凡校级活动也只能她独占鳌头。中队长和我过去的政敌小玉一个类型，不漂亮、吃苦耐劳，但她是善良的。

而所有人包括中队干部都围着一个嚣张的姑娘转。但其实她只是个小队长。

她长得很像《天龙八部》里的马夫人，非常霸道。但她有这种号召力。

而我一进班就踩了雷。

大家正在排队等着老师改作业，这时候一个女生嬉皮笑脸走到我前面说：“宝贝儿，过一下过一下，让我站你前面。”

我不喜欢这样的交流方式，试探着说：“大家不都在后面排队吗？”

她瞪了我一眼走了，从此开始了对我的教训和孤立。

我意识到自己被孤立是在一个叫“三个字”的游戏中。

这个游戏里被追的人如果马上说出三个字，就定住了，然后对方必须追下一个人，直到有人救你你才能跑。如果说三个字之前被抓了，就轮到你来抓人。

那天大家玩三个字，尽管我一直在里面，但是没有任何人追我。我不需要说三个字，因为没有人追我。我身在游戏中，却如同一个木桩。

初来北京的我，除了每天闷闷不乐，什么也不能做。

唯一带我一起玩耍的人，是早就被大家孤立的小月，就是那个班里成绩最差的姑娘。她给我买零食，教我跳集体舞。

我不喜欢这种弱者的联盟，也担忧这种友谊不会长久。但是没有别的选择。只有她对我示好，而且她就坐在我的前面。

直到一个月后，班级测验，我数学考了第一。

要知道此时已经五年级了。到了传说中女生走下坡路的时期，很多女性班干部都挂了，站在墙角那里哭。班主任问她们别人考得怎么样，她们都说：“小 C 考了 94。”

那位马夫人果然不是池中物，在一片哀鸣声过后，她非但没有投入学业，反而来找我了。

她说：“你跟我们玩吧。但是跟我们玩你就不能跟小月玩了。她如何如何如何。”

我知道她是坏人。但我忍受不了这个诱惑。

全班的主流人物都在她的周围。中队长、学习委员、文艺委员。漂亮的能干的学习好的。我从来没有当过非主流，我不能自绝于人民。

当我加入主流群体的时候，大家又玩了那个三个字的游戏。大家都开始追我了。我很快被追到，开始追下一个人。每个人在我面前拍手，说着各种各样的三个字。

我终于不再是一个木桩，我可以奔跑了。

但是我看着每一个对着我笑的脸，都觉得可憎。我也憎恶自己奔跑的姿态。

小月见到后，生气地跟我说：“你如果不跟我玩，就把我教给你的集体舞还给我。”

我又闷闷不乐了。

主流人物们看出我的不乐，问我小月说了什么，我据实以告。

她们非常义愤填膺，跑去质问小月：“你给的东西可以还，可你教的集体舞怎么还？你告诉我，小 C 怎么还？”

小月胆怯地看着气势汹汹的她们，再没找我麻烦。

我始终觉得很亏欠小月，更憎恶自己。小月成绩很差但是一点儿也不笨，只是脸皮厚，老师怎么说她都无所谓的样子。六年级，她唱歌的天赋被发现，被选进了校合唱队，得了很多奖。这是她六年生涯中唯一的成就。我记得老师听完她唱歌后，问她想不想参加合唱队时她那兴奋羞怯但又大方点头的样子。

我在一旁也默默为她高兴，却没有任何资格为她做什么了。

而这两年我的仕途非常不顺，原因就是没有出现任何空位给我补位。这个班主任很护犊子，不喜欢我超过她的孩子们。尽管严苛的数学老师只在人前夸我，作文老师直接建议她给我升官，她都扛住了压力默不作声。

最后快毕业时，她把一个小队长升了学习委员，给了我一个小队长，如此而已。

我捏着手中的一道杠，很久都没有把它别在自己的手臂上。

我也就知道了，不是学习第一，就一定是学习委员的。

结语：

上初中后的第一年教师节，同学们流行回学校看老师。我也赶了回去，在天意小商品市场给老师们买礼物。

一抬头我看到了一个人——小月。其实只是一个暑假不见，但上了两个不同的初中，竟然就如同两个世界。我们愣了一下，随即迅速地拥抱了彼此——这是我们本能的反应。她展颜笑着，仿佛从未怨恨过。

我们高兴地一起买礼物，丝毫没有提以前的事，也许她忘了。

我从此离开了和北京女胡同串子们拉帮结派钩心斗角的岁月，以两年来的种种教训换得了今后十多年的好人缘。

多年后我常常回忆起小月那个宽容的拥抱，我想，如果当年我有今天的心性，一定不会丢下这个教过我集体舞，还纠正过我普通话的朋友吧。

07. 性别意识

（一）

第一次有性别意识，是因为一件很囧的事情。

那年我还很小，只有三岁，随母亲从她下派的县城老家回到了省城。父母托关系给我找了一个条件特好的幼儿园，插班进了小班。

在我进入班级时，全班同学早就熟悉了对方，彼此也都已经形成了熟悉的规则，比如，他们会在联欢会上一起大叫台上一个表演的姑娘的名字——咪咪。当我问咪咪是谁的时候，他们会不耐烦地指给我，并告诉无知的我：她原先是我们班的！现在去别的班了！然后继续集体大叫。

我不知道自己应该和他们一起大叫，还是保持安静。毕竟我不认识咪咪，激动地一起叫她会很奇怪，可是不叫又太不合群了。

最后我还是一直保持安静。那一刻我感到了自己的格格不入。

那阵子我们每天发雪花片玩，一人十片，摆各种造型，无聊终日。

久而久之，可能是座位不远的缘故吧，我算是有了个朋友，叫作嘟嘟。嘟嘟非常安静而谦让，而我几乎总是找他一起说话。

有一天，又是一个课间，大家照例在走廊上自由组合，混乱地聊天玩耍。我自然还是和嘟嘟一起聊天。

忽然，我不经意抬头时，发现好些小朋友在走廊上把小椅子贴墙放了一排，很是整齐。

我还没来得及欣赏，只听一个小姑娘走过来，大声对每一个人说："男孩要和男孩玩，女孩要和女孩玩——女孩都坐到这一边！"

女孩子们纷纷响应，开心地靠墙坐了一排，有说有笑。

我和这位"意见领袖"并不相熟，没有管她，继续和嘟嘟聊天，但预感到她会来找我麻烦。果然，过了不一会儿，她走过来了。

她倒是蛮耐心地对我说："CC，男孩要和男孩玩，女孩要和女孩玩。"

我说："噢。"我是插班生，不敢反驳。何况，她这句话好像听起来有点儿道理。

我附和地点点头之后，就继续和嘟嘟聊天。我并不想跟她到墙边排排坐。

"意见领袖"语重心长地把我叫到一边，又强调了一遍："CC，男孩和男孩玩，女孩和女孩玩。"

我说："好哇！"

她："所以，你不能和嘟嘟玩了。"

这句话像一场暴风雪袭来。

我平静的心，忽然感觉到了大麻烦。不能和嘟嘟玩了？那我去和谁玩？！

整个人突然好冷，但逻辑并未消失——

我："为什么？"

她："因为嘟嘟是男孩呀！"

我脑子一下子晕眩了！这几个月来，我没思考过嘟嘟是什么性别，于是迅速勾画了一下嘟嘟的样貌：白里透红的脸蛋，淡淡的微卷的头发，长睫毛，大眼睛——虽然总体还是更接近男孩一些，但单凭外貌，我是无法断定他是男孩还是女孩的！

既然无法断定，那么，我就不要那么严谨了吧！

我带着侥幸，故作淡定地对她说："嘟嘟是女孩，不是男孩。"

她再次强调："嘟嘟是男孩。"

这位"意见领袖"的涵养不错，她依旧没有生气，那语气，就好像在同情我这个插班生，不熟悉班情。

边上的同学也告诉我："嘟嘟是男孩。"

我不服气地，穿过混乱的人群，走到嘟嘟的面前，故作胸有成竹地问道："嘟嘟，你是男孩还是女孩呀？"

答案落下来那一刻前，我掠过一丝不祥的预感：就算他从长相上可男可女，可还是更像男孩一些的。更何况，嘟嘟的名字，好像比起咪咪来，也更像男孩的名字呢……

我心里默默祈祷：是女孩吧……就算是男孩，看在朋友的分上也说自己是女孩吧!

嘟嘟可爱的脸上并没有什么表情，他淡淡地说：“我是男孩。”

仿佛有种原则不可更改，仿佛有种骄傲不需解释。

心碎的声音。

虽然我知道了之后，根本没有甩这个事实，继续对“意见领袖”说了句“嘟嘟就是女孩”并继续厚着脸皮和嘟嘟进行我未完成的聊天，但那一刻，我感到，有一种很莫名的失望，留在了我的心里。

（二）

关于男孩女孩不应该一起玩的那件事，很快被我忘记，只剩个米粒般大的记忆点，留在了脑海里。

随着我升入中班，插班生的身份渐渐就模糊了。中班，四岁那年，我干了好几票大事。

第一件的起因，是我被一个一向坏坏的小男孩用力捶了一下肚子。

晚上回家后，肚子有些痛。一向谨慎的父母不停问我原因，我只好对爸爸说，我下午被同学打了一下肚子，不知道和肚子痛有没有关系。爸爸非常严肃地告诉我，肚子是人要重点保护的部位，别的地方被打都还好，因为有骨头保护，可肚子被打是要出大问题的!

第二天上幼儿园，他让老师叮嘱一下这位小朋友，别再打人了。老师叫来了我和坏小孩，告诉他不要再打同学。出乎意料，蛮横的他很快承认了他做的错事，也不耐烦地道歉、保证了。事情结束。

但……这件事在我这里无法结束!

因为这个小男孩，平时就很痞很坏，而被老师批评了以后，他竟然既不生气，也不哭，就那样无所谓地点点头。这让我感到，他要是一直这样下去，是件很不妙的事儿!

不知道受什么力量驱使，我觉得我可以帮他变成一个好小孩。

中班的我们，依然有很多自由聊天活动的时间。每当这个时候，我就会把他叫到身边，坐在墙边的小凳子上，给他讲道理……

“你不应该这样下去……”

我自认为自己说得很有道理，也认为自己在做一件很对的事儿，于是就每天对他一直讲道理讲到自由活动结束，各自回到座位。

他一开始还心不在焉，我也有些悻悻然，但好在最后他往往还是会对我点点头，同意我的观点，让我不至于太没有颜面。

就这样，日复一日，他竟然……真的变“好”了。也许只是因为多了一个“朋友”的陪伴?

他的目光里不再有痞气，不再无故欺负人，看到我的时候，也流露了一种近似友谊的眼神。我每天都鼓励他，他做得越来越好了。直到我发现他的举止已经完全和别的小朋友一样“好”的时候，我告诉他，他已经变好了，就再也没有每天对他讲道理了。

长大后的我，无论如何也想不起来中班的我怎么可以想出撑够半小时的做人道理，也不再有对于好人和坏人那么坚定明晰的直觉。

那是一段做“好事”不留名的小日子。

第二件则没意思的多，中班的我们有了画画课，我总是学得很快，还经常自由发挥，每天我的作品都会入选贴在门口展示的四幅画之一。那时候，提前来接孩子的家长就会看着门口的画说，谁画得这么好哇?

这种作品贴墙的待遇，在当时的我看来，是件了不起的成就。

第三件，又是一个百无聊赖的下午，每人依旧进行着从小班就开始的游戏——摆弄那每人十几片的雪花片。我旁边的一个男生忽然很厌烦，哗啦一声，把他的雪花片拂到我面前：“我不玩了，都给你。”

这可是继承了一大笔遗产的感觉，要知道，那时候每天都有人小心翼翼地乞求身边的人给自己一两片雪花片，以凑成一个造型。

我高兴地摆弄着两倍量的雪花片，忽然灵光一闪，问嘟嘟（是的，他还是和我坐在一起）：“能不能把你的也给我？”

嘟嘟和颜悦色地问：“为什么要这么多呀？”

“因为，我要做宇宙飞船！”我充满雄心壮志地说。

以嘟嘟的性格，不用说，又是微笑着，哗啦一声，都给我了。

三倍量的雪花片在我手中一下子变成了一个体量惊人的巨物，此时一桌的小朋友都震惊地问：“CC，你在做什么呀！”

“我在造宇宙飞船。”

我认真地设计着这个庞然大物。

—— 宇宙飞船要很大才行呀，我的也给你吧!

哗啦哗啦，全桌人都把雪花片给我了。我继续机械地把这些雪花片扩充到我的飞船上。

之后，还有些不满足，我拿着这个飞船的雏形，擅自离开了座位，游说其他人捐献雪花片。出乎意料，所有人看到我的飞船后都特别慷慨，把珍贵的雪花片都给了我……

那个下午，最后的最后，全班每个人都把自己的雪花片给了我，而满怀感动的我也不负众望做成了一架宇宙飞船。说来惭愧，那个飞船没有任何立体感，只是一个飞机状的简单的东西，但是……这飞机足够大，放在桌子上颇有气势。

全班人都很高兴，老师也表示惊叹，而我也感到，总有一种力量让我们泪流满面，将一地鸡毛的私欲抛在一旁，奔向那集体主义的狂欢。

大事归大事，生活还是一样进行着。

（三）

原本只是想把这个叫嘟嘟的让我有性别意识的朋友在我脑海里全部记忆片段写下来。

回忆却如长了脚，拐到其他地方。

一个阳光甚好的傍晚，我依旧和所有的小朋友一样于放学前在游乐设施前疯玩。我会疯狂地踢一阵子滚筒，排队等待被当成秋千的吊环，以及不厌其烦地滑滑梯。

这天下午一如既往，我和嘟嘟轮流滑着一个滑梯，一个人刚滑下去，另一个人就赶快爬上楼梯接着滑，如此快速循环，这架滑梯就被我们“合法垄断”了。我对这样的独家占有感到非常兴奋，尖叫着快速地重复这个过程。

要知道平时的我行动可是很迟缓的，可这次，嘟嘟前脚滑下去，我几乎后脚就爬上楼梯站到了平台上。就在我从高高的滑梯准备向下享受那一瞬的快感前，下面的嘟嘟却没有迅速跑向楼梯，而是回头对我说：“CC，要小心哪！”

“——你快去呀！”

我只顾让他快到身后占领楼梯，然后一溜烟就滑了下来。

这一幕只是小伙伴间再平凡不过的互动而已，我原本没有理由记得傍晚阳光洒在他卷卷头发上的这个场景。

可接下来，当一旁默默等待和保护我们的爸爸将我放上回家的自行车后，说了一番让我既惭愧又让我思索良久的话：“CC，你要学会关心人。你看嘟嘟，他就很关心人。”

“关心人”，对于不到四岁的我来说，是个生僻的词汇。

我：“什么叫关心人？”

爸爸：“关心人你都不知道是什么意思吗？”

我：“不知道。”

我不喜欢好好地突然被问话的感觉，我也真的不知道，不懂得“关心人”的意思为什么会招致一向温和的爸爸的质问。

“比如你刚才滑滑梯的时候，你就只顾着滑，但是嘟嘟会提醒你小心，这就是关心人。”

“这为什么是关心人？”

“因为他怕你出危险，提醒你呀。”

“可是我从那里滑下来不会掉下来的呀！”

“但是在高的地方搞不好就会掉下来。”

父亲的这次教育并不成功，非但没有教会我该怎样关心人，反倒让我多了几分对人世的困惑，以及我又一次意识到，我和嘟嘟是不同的人。

小班时，我会因为感情而激动，会因为感情而颠倒事实希望他说自己是女孩。

而他却可以很理智、很平静，不管说出来事实的后果会怎样。因为事实就是事实。三岁的小男孩和小女孩，就已经有这样的区别了。

这一次，在爸爸的自行车上，我意识到，他是另一个物种。我以为他那句挥着手的言语只是在表达他很高兴而已，可是没想到，他竟然会“关心人”。

而我却连“关心人”是什么意思都不知道。

又过了一阵子，大概是我成功教育坏小孩后不久的那段日子里，又发生了一件事。

那天又是下午自由活动的时间，我正自由地跑到班里某处和一些关系普通的伙伴玩耍。

原本我并没有意识到和他们只是“关系普通”的。

可这次，大概半小时后，代班的老师竟然在宣布“自由活动结束，要上课了”这句话之后，脑洞大开地加了一句“今天大家可以随便坐座位，每个人想和谁坐一起就和谁坐一起”。

那一刹那，全班如同炸了锅一样，那些平日里黏之不得的好友，迅速兴奋地一起抢占了新的座位坐好。

一瞬间我蒙了，我该利用难得的机会和谁坐一起?

怎么没有很快就想到的朋友?

很快我就想到，我还是想和嘟嘟坐一起。虽然这是个换友邻的下午，但，我还是想和嘟嘟坐一起。他就是我最想坐在一起的人。

可是嘟嘟此时在哪里呢？四十多个跑跑嚷嚷的茫茫人海中，我根本看不到他。

我只好穿过人群走到我们平时坐同桌的那张小桌前，如今这张六人桌已经坐好几个别桌的同学了。

我想如果嘟嘟也还想和我坐一起，那就会回到这里。

可是他没有回来。眼看着班里所剩的空位越来越少，我赶紧离开我们的桌子继续找他，一无所获，而班里的同学已经几乎都找到座位了。

再一回头，嘟嘟已经和另一个女孩坐在了我们原先的那个桌子前。

此时，全班人都有了座位，我也来不及再临时找一个人来掩饰我此刻的尴尬。

我继续欺骗自己说，那个姑娘只是偶然坐在了那里，而嘟嘟坐的只是自己原来的座位而已。

我厚着脸皮走过去，对那个姑娘不讲道理地说：“这个座位是我的。”

姑娘：“今天随便坐。我和嘟嘟说好了坐一起。”

我：“这个座位本来就是我的，我不想换座位，我还要和嘟嘟坐一起，你起来。”

姑娘：“不行，老师说了今天大家都不坐自己位置，我要和嘟嘟在一起。”

僵持不下，我看着嘟嘟，想让他说句话，可他一言不发。

我意识到，其实很多人喜欢他，包括我。

再一次不愿面对现实的我端起某个桌子上一把空余的椅子，放在了他们中间，硬是坐了下来——我们的桌子很宽，其实足够容纳三人，我坐在中间，并不拥挤。左边的女孩，右边的男孩，我生怕他们嫌恶地赶我走，可他们静静坐着，都没再说什么。

老师回来上课了。我感到她的目光扫了我这桌一眼。我的心凝固了，生怕她让我坐到那个全班唯一的空座上去，因为在桌子的一边挤三个人，是没有先例的。而我就将在全班人的瞩目之下，搬着椅子离开，我左边的姑娘就会扬起一个胜利的笑容。

还好老师什么也没说，很正常地讲完了课。

虽然我刚才还非常恨她大脑抽风提议大家换座位，但这时却谢天谢地她没有让我走开。

一堂课的时间，左边的女孩都没有和我说话。毕竟她是想和嘟嘟坐在一起，被我隔开了。右边的男孩也没有说话。我不住地瞥他，想得到一些认同、感动、迁就，抑或安慰……却什么都没有，他的视线没离开过前方的老师。

更反衬得我是个蛮不讲理的姑娘。

三个人的座位本来就活动不开手脚，加上刻意的无言就更加憋闷，我只得安慰自己，这本来就是我的桌子。

这天下午却是阴沉的天。

（四）

大班时的我有了很多阳光的记忆，也许是因为生活更丰富了。

离开家乡很多年后，回忆起大班的我浮现出好几个朋友的名字。比如R和F，都是小男孩，和他们在一起玩耍不要太精彩。

比如，老师今天上课说了，我们的地球是个圆，美国在我们脚下的另一端，我们就会到草坪上找个扁担一直撬土，直到把花园撬了个无比深的洞，直到老师派人喊我们无数次吃饭，我们这一小群人，就是坚定、执着地坚持自己的信念，撬着脚下的土，要通到美国去。

比如，老师托我妈妈搞到一本耶稣受难的油画集为大家介绍，尽管我对那灰扑扑的绘画欣赏无能，R君却如获至宝地在课后向老师再三请求再多多观阅一番。我一方面不解，一方面觉得，他真有深度、有品位。

又比如，老师在讲完百慕大三角的神秘故事后，我和R、F等人每天就在教室外的小角落秘密交流自己回家后对百慕大成因的新思考。

又比如，这种思考最终成了一个个恐怖小故事，让夜里躺在床上的我盯着房间里每个黑暗的角落，恐惧着未知的事物。

幼儿园的游乐区后来真的来了个很高级的玩具，我们叫它宇宙飞船，每天争着去里面旋转。

当我回忆着大班这些高大上的经历，回忆着充满极客气质的R和F的时候，忽然有个念头涌出：中班的时候，R和F在哪儿？而大班的时候，嘟嘟又去哪儿了呢？

我小班和中班最好的朋友，在大班的回忆里竟然没有任何位置。

就这样，我忽然回想起大班第一天的事情。那是个阳光明媚的上午，难得的，爸爸妈妈两个人一起来送我上学。他们一直在路上忐忑地说，不记得开学时间了，可能大概也许就是今天吧！

进到了班级，教室升了楼层，采光颇好。同学们在自由活动。同学们看我开学好几天了才来，都很惊讶地问我怎么回事儿，我对他们说，我爸爸妈妈不记得开学时间了。

每个听到这句话的人都会诧异地回答我："就是九月一日呀！"

大概他们觉得这是个很好记的时间，而我还没有时间概念，根本不知道每天是几月几日。

如此和每个询问的同学寒暄了一番后，我忽然发现一直没看到嘟嘟，便问同学："嘟嘟呢？"

"他转走了，去北京了。"

"真的吗？"

“是真的。”

多么合理的解释。

在很多方面我都比别人晚熟，比如性别问题，比如时间观念。然而，作为一个曾经从别处转来的插班生，偏偏清楚地知道什么叫“转走”。“转走”就是消失、断绝，和过去的朋友再无联络，但是，回忆永存。

我没有顾上为我到此地后的第一个朋友和始终最好的朋友感到惋惜，因为大概根本没转过弯来吧。不过才晚来了几天，班里同学就好像接受了少了一个人这个事实似的。

不愿面对现实的我又找了个同学问同样的问题，得到的是完全一样的答案。

嘟嘟转走了呀。

甚至没有人对我说不知道，或是其他答案。

不愿面对现实的我找不到释放自己悲伤的方式，直到我想到一个办法。我决心要问遍班里的每一个同学，除非每个人都说他转走了，他就是真的转走了，我的任务也算完成了。

至于为什么每个人都说他走了我的任务就完成了，这个逻辑我也不是很懂。

我每问完一个人，心里就沉下去一些。

大概一上午的工夫我就问完了全班人，得到了完全一样的答案。

任务完成得太快，我就给自己加了一个人——老师。

老师和教室一样，也是新换的，跟她说话，还真有些不好意思。

“老师，嘟嘟呢？”

“嘟嘟已经转走了。”

连老师都这样说了，看来是真的了吧。又过了几天，嘟嘟果然没有再来。

那一周之后，这个人神秘地被我遗忘。大班依旧是六人一桌，座位都是重新分的，也就没有什么记忆上的延续性。班里一共六桌人，我是第五组，老师很快地指定了其他桌的小组长，比如六桌的R，四桌的L，大概他们都比较灵敏，早熟一点儿。

老师回到第五桌，犹豫了一下，最后用有些勉强的口吻说：“第五组，CC来当组长吧。”

忙碌的、觉醒的生活是充实的，转走了的朋友，就像泡沫一样消失了。

连思念都不曾有过。

08.

奈何如此渺小

拉琴

弟弟是拉小提琴的。

我告诉他，把自己拉的曲子录下来听会有利于提高。

结果他录下来后播放时，完全陶醉在了自己的琴声里。

放炮

正月十五，大家饭后还在唠家常，刚哥（我姐夫）独自下楼买鞭炮。

我诧异他为何独去，刚哥说山西人有这个习俗，十五这天是一定要放炮的，否则很不吉利。

我们一大家子南方人听了则很是不以为然，该吃吃该喝喝无人响应。

他回来后跟我们说，他自己在小区门口买了一挂鞭炮，在院子里刚要点火之际，发现周围人携亲带友，放的都是大炮筒。

自卑的他想着别丢人现眼了，赶紧找个角落一点就算完成任务。于是他真到角落里点了，然后迅速离开。由于鞭炮太小，完全没有听到声音，全然淹没在别人此起彼伏的炮声中。

直到他回来这一路，也还是没有听到自己的鞭炮声，也不知算不算放了炮。

弟弟的理想

当一个保安。

全家人着急地让他再想想，他还是坚持要当一个保安。

问了半天才知道，原因是保安每天都在玩手机。

还有，他小时候曾经想当一个幽默大师。

这是他最接近理想的一个理想了。

老公的女神

老公高中班里有个女生，据他所说是大部分男生当年的女神（也是他的），后来转到深圳了，成为他心头一个小小的遗憾。

他说女神当年长得像八十年代台湾某位女星，这让我心里很是气愤。

不过我通过朋友圈的照片观察，这位女神现在已经不漂亮了，而且早早生了孩子，从照片来看气质已是买菜妇女，我也就无所谓了。

某天我在开车，老公在副驾驶谈笑风生地接了个电话。

我压根没有往别的地方想。

很久以后，老公向我很不自然地坦白，那个电话，是当年的女神给他打的。

电话里，女神关爱地问了他最近身体如何，累不累，好不好。

聊到最后的最后的最后的最后……

她向他推荐了一款安利。

我知道他心里不好受，因此没有嘲笑他。

可你相信我真的没有击案大笑吗?

哈哈哈哈哈哈哈。

情圣的前任们

我有个同事其貌不扬但堪称情圣。

他有个前女友A，两个人在一起时就每个月一起去一家工作室剪头，分手之后他们每个月还会约着一起去那个工作室剪头。

他有个前女友B，还在高校念书，分手后两人还结伴一起同游越南。

还有前女友C，在国外，两人经常视频聊天，谈天说地其乐融融。

我实在不理解他是怎样做到的，便忍不住问他：“你究竟有什么本事可以让每个前女友和自己融洽相处？”

情圣尴尬地一笑，回答道：“因为都是她们踹的我呀。”

期货男的第一份工

刚哥参加工作的第一年，老板派他到下面某乡镇的工厂感受一下。

于是他毅然和我姐异地了一阵子，离开北京去了乡下。

他白天在厂房转，没事儿去操控室抽烟。

下了班翻道墙就回宿舍。

宿舍什么也没有，回去就开始睡觉。

睡到月光照进来时就醒了。

如此的生活甚是无聊，他坚持坚持再坚持，觉着自己在老板面前终究要表现出自己的吃苦耐劳。

如此过了半年，老板也毫无召回他的动静。

最后的最后，他实在不能忍了，鼓足勇气给老板打电话，想试探一下口风，能否回来。

老板接到他的电话很诧异："原来你还在那儿呢！"

刚哥内心的悲伤加黑线再加黑线。

但他还是雀跃的。刚哥当即舒展筋骨，收拾行李准备坐第二天早上的动车立马返京回家见媳妇（我姐）。

同屋的老头儿抽着烟看着他收拾，想着一起生活了大半年，就要分开了还怪伤感的，于是最后提点了他一条人生经验：

"年轻人，你今天先别着急收拾。一会儿你先把你这半年总结总结，写个报告带回去给领导看看。"

刚哥觉得有理，停下了收拾东西的手，开始总结自己的体会。这半年来他对这间工厂乃至这个行业可谓了解得很透彻了，打开电脑顿时健笔如飞下笔千言。

次日他才重新开始收拾，迟一天回到了我姐身边。

回北京后，他把这份精心的总结给打印出来，厚厚一沓，亲手交给了老板，自认不枉基层深造了这一场。

而老板瞥了眼这厚厚一沓后，语重心长地对他说了句：

“放那儿吧。”

所谓的渺小莫过于此。

09.

高铁流浪日记

自从有了高铁，我就像有了自由的双腿。

高铁上座位洁净，空气清新，窗外飞驰而过的四季风景都十分迷人。因此在我单身的日子里，只要攒够了一次往返的车票钱，就会去乘坐高铁。抵达目的地后我会在火车站广场的一角默默发呆，喂喂这座城市的麻雀，视情况在火车站附近走走，然后就乘坐返回的高铁回家。不论这趟旅程有多远，我的原则是不在异地过夜。因为我有些神经衰弱，只有在家里的床上才能安睡。

更何况我乘坐高铁并不是为了去往另一个城市参观，而只是为了坐高铁的这个过程。冬季的清晨，平原刚刚苏醒，玫瑰红的朝阳映照在冰冻的北方河流上，确切地说是照在一条无限长的冰上，我坐的高铁呼啸而过，这风景只属于我。此时我便打开手机，录下一段玫瑰色的小视频，发送给我的朋友们，告诉他（她）们：送给你！而他（她）们会陆续地醒来，充满惊讶地、饱含深情地回复我的这份馈赠，而我只不过淡淡一笑，喂着广场上的麻雀，深藏功与名。

这就是我最爱的高铁流浪，那段流动的风景就是我看不厌的电影。

一般来说，我会刻意避开人流的高峰，比如旅游黄金周，那时的车厢总有些聒噪。然而这次是个例外，由于我又患上了短期的“帝都不适症”，便只得在黄金周之前几天匆忙上路了。果不其然车厢人很多，车发动的前一秒，跑上来了一对颜值中上的男女，慌里慌张地找座位。他俩模样很是般配，恰好就在我座位后面坐下了。

坐下之后，女生却用一种唱歌般独特的方言大声和男生说话，像是在指责他。男生也回以这种方言，如同辩解。

全车厢的人都用一头雾水的表情看着他们，难道他们在说外星语？

如此困扰之下，高铁到了一站。我瞥了他们一眼，还在争执，并没有下车的迹象。

我注意到和我相隔一个过道的年轻男孩也偷瞥了他们，看来他和我有相同的想法。我们向对方报以隐秘的微笑。

“想不想下去抽支烟？”他突然面朝我，小声地问，不太自信地。

我愣了一下。也许是想换换空气，我竟和他下车了。

下车之前我忘了自己有“不能忍受冷场综合征”。我只要和人在一起，就会不停地和对方聊天，我知道这是病，所以平日尽量独来独往，喂喂麻雀就好。谁知有人邀我，就把这个事情忘了。

我下了车，从他手中忐忑地接过烟，抬头看看站牌——驻马店。

“手哥的老家呀。”我感慨，吸了一口他递来的烟。

我看他有些拘谨，只好问道：“你知道手哥吗，微博上很红的‘留几手’？”

“知道。”他说。

他还是那么紧张，而烟还要很久才能抽完，车又还有三分二十五秒才开。

我只好说：“那你给我打个分吧。”

他的脸“唰”地红了。

我有些郁闷。这明明是道送分题。我们已经交换过了隐秘的微笑，他又鼓足勇气约我抽烟，而我也跟了出来——聊个天有那么难吗?

他只需随口说一句“中分头不过是为了遮挡你的大饼脸，手上的MUJI 手袋掩饰不住你买不起 GUCCI 的心碎，看你这不上道的拿烟姿势，一看就是个没有绿茶命的白开水婊，我给你 0 分，滚”就可以。

就算没有这样的急智，他也可以脱口一句“负分，滚粗（出）”。而我也就可以把拳头落在对方肩上，然后就是朋友了嘛。

可是他沉默着。

我眼里闪过一丝绝望。我犯“冷场不耐症”了，可由于我独来独往久了，舌头也变得不太灵活，因而不知道怎么转话题。

他很敏感地觉察到我的变化，掐灭了手里的烟。

我知道，这种不善言辞的人一般都是很敏感的。为了弥补对我的伤害，他连忙解释道：“其实，我就是新浪员工，如果你很想知道答案的话，我可以帮你 @ 一下手哥。”

我竟无言以对。

离开车还有两分钟，我还是没有找到其他话题，只好说道：“好，那你帮我拍一张照片，然后 @ 手哥吧。”

他迟疑了一下，但还是拿起手机开始为我拍照。

我左摆右摆，一连拍了几张我都不满意。

列车员催促我们上车，可上了车就没有 4G 服务了。

我只好将就着选了一张背后有驻马店站标识的，让他在微博上写道：“于驻马店诚邀点评。”

大概他以为我十分想知道手哥的答案，对我严肃地说道：“上车就没网，就收不到点评了——你本来要去哪儿？”

“我要到武昌去喂黄鹤。”我对他说出了我的原计划。

“我到长沙给我同学的孩子过满月，不过同学刚才来微信，说孩子生病了，聚会取消。”他眼里掠过一丝迷茫与忧伤。

再度冷场，我脱口而出：“来都来了，不嫌弃的话，你和我一起去武昌喂黄鹤？”

他听后眼前一亮，问道：“你行李多吗？”

“只有这一个手包，怎么？”

“我也没有行李，不如，我们就在这里逛逛吧。”他提议道。

这里？驻马店？我觉得有些难以接受，因为毕竟过去我喂的都是繁华一些城市的麻雀。

“这样我们可以一起等手哥回复。再说，谁知道这里有什么呢，也许错过今天，你这辈子也不会再想到这个城市看看。”他认真地凝视着我。

说得好有道理。我就这样看着我乘的高铁呼啸着离我们而去。高铁开动之前列车员最后问了我们一次：“不上车了？”

我们摇摇头。

他用一种鄙夷的眼神看了眼我们，转身上车了。

你如果以为驻马店是个小县城，那就错了。这里真的挺高级的。这里是“华夏文明的重要发祥地之一，是中华民族的人文始祖盘古创世纪活动的核心区域，是轩辕黄帝的夫人嫘祖的故乡，是战国时期闻名天下的兵器制造中心”。我的历史很差，这是他告诉我的。看他这么健谈我一下子放心了，我们兴致勃勃地走上了这片土地。

我欣然对他讲起我的“帝都不耐症”，并告诉他我的病症在这种能够以步行为代步工具的地方康复得最快。不过我没好意思告诉他我还有“冷场不耐症”，怕他觉得我毛病太多。

“既然是步行，就不能称作代步工具。因为你没用任何东西代步。”他说。

我感到一股冷气又要袭来，赶紧打了个哈哈，来到了市政广场前。

那里零落着几只麻雀，我瞥了他一眼，迅速掏出一袋零食。

“这是什么？”

“卜卜星。不是给你吃的。”

我撕开一个小口，猝不及防地撒了十余粒，滚落一地。

麻雀们迅速每只一粒啄了上去。全国的麻雀，口味都没有变化。我甚至还在国外试过，也是一样的。

“卜卜星”是一种小小的圆球状的膨化食品，已经不易买到了，我爱吃，也爱拿它喂鸟。只不过对于麻雀来说，这种小圆球稍显大了一些，它们只要一啄上去，球就会轻轻滚开，但它们会继续啄下去。这有点儿像猫玩毛线球的样子。不停滚，不停扑，但是终有那么一刻，卜卜星会被它们啄碎，然后满足地吃下。

我们就那样坐在小广场上看着麻雀啄卜卜星。

“你觉不觉得我们有些残忍？”他问。

“什么？”

“麻雀啄食的样子，那么急不可耐，但是又吃不着。”

“我不觉得，你看它们无论有多么吃不着，卜卜星滚了多远，它们都一定会啄到最后，像一种强迫症。”

“我还是比较理解梁影帝喂鸽子。鸽子一口一个，喂多少下去都马上吃得饱饱鼓鼓。这才是看起来减压的画面。”

“压力不是用来减的。”我说。不知怎的有些心酸。

帝都的日子，每天都有机会在眼前滑来滑去地调戏你。多少个躬逢盛宴的夜晚你会忽然觉得自己也许离成名很近，但别担心，这膨胀起来的姿态立马会在次日五号线地铁上被挤回原形。

“压力是要用来碾的。”眼前的麻雀刚好在数十次的尝试中，“噗”的一声，碾碎了一个卜卜星。

今天我本来是要去和合作人撕×的。但我想让自己先冷静冷静。

他的手机突然弹出一条提示。

“不好意思。”他打断我，看了眼手机。

“手哥回复了！”他说。

“别念。”我说。

他愣了一下。

“我不想知道。”

夕阳落下来了。我的麻雀吃完了卜卜星，我们回到火车站。然而没有票了，最近的一班是明早七点的。

“刚才不是还有很多吗？”我有些着急。因为我不在外过夜，而且，身边还有一个陌生男人，很麻烦。但别无他法。

“这可真的有些难办。”他说。

气氛沉闷，但我知道他在想办法。我陪着他一起凝神屏气，等他想出解决之道。

“天气不冷，不如我们去觅食，再去夜店转转，也就天亮了。”他说。

我还以为是什么机智的方法，但也只能点点头。既然是夜店，也就无须入睡，自然也就不用面对失眠这个问题了。

然而我们并没有找到夜店，迷离的夜色下我们经过一家又一家的商务酒店，我开始累得打盹儿。我却什么都不能说，因为此时说什么都成了性暗示。

但他觉察到了我的困倦。

我鼓足勇气问道：“我不住店是因为我在异地失眠。但是请问你不愿入住的原因是什么？”

“我第一反应当然是住店。但我一直在等你提议。”他说道。

“等我？”我觉得好奇怪。

“是呀，由一个男人说出‘让我们去住店’的话，岂不是很有歧义？如果我刻意强调开两间房，则更加可疑，所以我没有办法说出口。”他说。

“那现在没有歧义了，你去住店即可，我反正睡不着，我好好夜游驻马店吧，就此别过。”我说。晚风吹来，我拢了拢身上的外套，抱紧 MUJI 手包。

“你孤身一人太危险了，我陪你。”他说，颇为行侠仗义。

游荡在驻马店的深夜，我发现即便我们长时间沉默我也不再焦虑。我们就这样一言不发，自然而然。

突然我们走到了一个巨大的儿童公园里。里面有很多设施，都上锁了。

我们的目光同时投向了那个蹦床。大概因为是深夜，所以蹦床竟没有上锁。

我们累得半死，躺在蹦床上，真的，很舒服。

星空下人也变得坦荡，我坦诚地告诉他，高铁上那对男女的每一句话我都听得很清楚，因为他们来自我的家乡，我对他一句一句地翻译了他们的对话，很多典故俗语我都讲解了。

作为回报，他也告诉我一个秘密："我的朋友根本没有取消满月宴，现在微信群里都在调侃我的消失。"

我："意思是？"

"意思是我因为想和你继续待在一起而改变了所有的计划。"

"那你完全可以跟我去武昌，这样我们喂完黄鹤就可以躺在江边聊天了。"我还是不解。

"不，那样有些意图明显。还是这样自然而然的好。"

我哈哈大笑："那么也告诉你一个秘密——我根本不会抽烟。"

他也笑道："我也根本不是新浪员工。"

我享受着夜的宁静，失眠也离我远去。

10. 富贵人家

自打毕业以来，我就是一个被压榨在创意行业第一线的影视小策划。多年来，公司虐我千万遍，我仍不改其乐地坚持着对工作的热爱，只是曾经汹涌的创意渐渐变得干涸枯竭。

幸而天无绝人之路，我在网上写出了一片小天地，尽管我的书写并没有创造多少收入，但却令我重新浸润在纯粹的文学土壤里，令我如获新生。“等我在帝都能买得起一套房的时候，我也就相当于得过诺贝尔奖啦！”我心里琢磨着。

当我在“作家生涯”之路上越走越远时，一天，我的公众号收到了一个留言：“呆妹，你写得实在是太好了！”

凭借强烈的直觉我感到，这个称我“呆妹”的，应该是我的家人。

我很少给留言回复，以在读者面前保持自己的高冷，但这一次我急吼吼地问：“你是谁？”

而对方不负期待地告诉我：“我是你二伯的长子。”

这文绉绉的语言，让我陷入了邈远的回忆。我家的二伯，乃是父亲的二堂兄。由于我爷爷早年就移民到我奶奶家的县城，我们一家和奶奶家的亲属更熟悉，而这位给我留言的大哥，对于我来说，竟有些陌生。

而我，则更是一个“专注北漂生活二十年”的资深北漂。我从小就随父亲来到帝都。那时的城市，是平常质朴而地广人稀的。

谁也没想到十多年后，帝都人民突然都到了生死交战的临界点。整个城市像是一座超负荷的机器，而我也成了其中一颗超负荷的螺丝钉。我找到第一份工作时父亲已不在世。尽管父亲离开我时已经和我在帝都生活了将近十二年之久，但我还是从此有了一种年少失怙者在异乡生存的莫名恐惧。我对待公司的工作，虽然慎之又慎，虽然谈不上如初恋，但总是寄予厚望。因而如今，工作在第三年上，我的工资还没有分毫增加的时候，我开始感到烦躁、挫败。“自古文章憎命达”“山河不幸诗家幸”，我开始有了很多创作冲动，以至于在网络上写成了人气写手。

近来，由于付出和回报实在不对等，我终于鼓足勇气去找分管 VP 谈心。此人是个老江湖，每年该到加薪时他总能让我满怀希望而又一无所获地离去。这一次，也许是我的语气太恳切，带动了对方耿直的那一面，他告诉了我真相。

“你的工作没有任何不可替代性，你如果坚持涨薪，那我们还不如聘请一个新人进来。要知道，我们从事的是创意行业，创意行业喜欢新鲜血液，不在乎你是否年轻稚嫩。公司不会为了顾及你的人情而增加人力成本。”他说。

我问他“为何不早说”，招我进来的时候为何要说什么“我司平均年龄不超过二十六岁，非常给年轻人机会”？

他认真地看着我：“你现在不是懂了吗？”

我的确懂了。原以为我们这一批新人经过这三年，可以从幼苗长成小树，渐渐承担大任，但其实对于公司来说，我们只不过是从新鲜的绿草衰老成一茬一茬的干草，干草如果不能活下去，那就只有年底被收割了。

三年青春就换来这样一个领悟。

我承认，从小到大，我总是对这个世界不怀好意。我总想趁上天不注意时猛捞一把，从此过上优哉游哉的日子。殊不知，上天也早就看穿了我的所思所想，趁我不注意的时候，嘲笑了我一把。

此时，我正喝着一瓶啤酒，在夏夜的阳台上，数着头顶的月亮。

是的，尽管我自诩为文艺女青年，事实上就是一个连星星都懒得数的人，眼前的物体数量只要大过了三，我就懒得去数。因此，沉默而安静的月亮是我再好不过的观察对象。

突然我的手机连震了好几下，是二伯家的大哥给我发来了信息。

我点开看，发现是两张图。

一张晚清人头像，和两位长衫的民国照。很像历史书上的人。

“呆妹，第一张是你的太爷爷，第二张是你太爷爷和爷爷。”大哥说。

我一下子惊呆了。这是我第一次看我太爷爷的样子，也从没看过爷爷少年的照片，也没有把他们和典型的民国形象联系在一起过。我端详着爷爷少年时的照片。

早听闻我爷爷年轻时乃公子哥儿，没想到范儿这么足哇。

随后，大哥又发来一排人物的照片，皆是白衫，据说，那是我爷爷的叔父辈。

“看到中间那个长胡子的人了吗，江湖人称贤三胡子，是有名的革命党人。”

虽然从小就知道爷爷的家族不小，是大资本家，但我一般都认为是家人习惯性地夸大其词。所谓“无图无真相”，当看到这些照片时，我对逝去的家族肃然起敬。

“当年咱家的产业很大，生意遍布全国。我们家族有三个老字号：怡和、隆和、联和。”

三个老字号在我眼前一字排过，我脑海中浮现出电视剧《大宅门》中的一幕幕。从小只知道太爷爷家经商，但从没想过自家的商号叫什么名字，可真是不肖哇。

我看着“贤三胡子”的照片，再看看太爷爷的头像，目如铜铃，炯炯有神。

而自我父亲起，就遗传的是祖母族中的单眼皮，我也不例外。

“没有传我功夫，传下来钱也是好的，没有传下钱，遗传给我美貌也是好的。可偏偏什么都没有……”我嘟囔着，并一无所有地晒着帝都的月光。

“我们家族在老家的声望很高，不是出读书人，就是出成功的商人。每年村里要建什么，或是发生了什么大事，都会派人去问你爷爷。所以，我们家族对后辈的教育目标一直要么是认真读书做好书香门第，要么就是做大生意。”大哥解释说。

我知道这位大哥的生意做得不错，叔叔辈里也都不乏大小生意人，而我，则毫无疑问属于“读书人”一脉，从小学习成绩好得一塌糊涂却没有任何经商头脑。

“所以，呆妹你读书读到这么著名的学府，便是我们这一族的骄傲。什么时候有机会，跟我到老家看看，你还没有见过大伯等人呢。”大哥说。

我的“老家”，就和我爷爷的童年一样，也是存在于传说中的。在我印象中，爷爷家的院墙占了一条街，最让家人津津乐道的是那后花园里还有戏台子，和才子佳人小说写的一样。而且那座城市，在武侠小说的世界里，还出产过小李飞刀的刀。

不知我何日会以怎样的姿态回到“老家”。

不过可以肯定的是，现在，当我走在帝都的马路边的时候，不再像之前那样垂头丧气了。尽管我看上去是个普普通通、粗布荆钗，走在路上随随便便都会被雾霾淹没的女孩，但是现在，我多了一个无人知道的秘密。我想，至少在长江流域祖国腹地的某一个乡镇，我只要回去，就是一位公主。

我也不再像过去一样纠结于涨工资，或是跳槽，或是创业这些事情了。与亘古的时间相比，眼前一时的贫困，并不能带来多大改变。尤其令我释然的是，我从来没有走错路，也没有愧对祖先，而是一直走在正道上。因为穷归穷，而赚钱本来就不是我这子孙要做的事情，自有那些“经商派”的族人去做。

当晚我就在购物车里把一直想买的几十本书都下单了，并过上了好长一段一心只读圣贤书的生活。

如此在书海中徜徉了数月之后，一个小长假开始前，我联系了大哥。我非常想到老家去追根溯源一番。他欣然应允。我们在省城碰面，然后他驱车带我到达了老家所在的城市。

小城不大，我们很快就环城一周。然后我们就来到了太爷爷的老宅前。那里的房舍早就分为了很多户民宅，看不出面貌。尚且有些样子的是那个后花园，望过去还是很开阔的。我们便走进去。

眼前早就没有花木了，也没有传说中的戏台子。因为这里曾收归国有，变成一间印刷厂，而现如今，连印刷厂也废弃了。人们不再需要读书、看报，机械上都结着蜘蛛网。

我呆呆地看着这景象，心里想，这就是我心心念念的老家吗？

大哥突然神秘地低声道：“告诉你一个秘密，这秘密传男不传女。之前我对你说过，刘家的子弟一向有两个奋斗方向，要么读书，要么从商，你还记得吧？”

“记得。”我回答道，感到气氛有些紧张。

“就像我们的第三家老字号‘联和’的意思一样，这两个方向的子孙互相联合，互相制衡。不过至关重要的是，经商的人发达之后，会存下一笔基金，我们家族称之为教育基金，以鼓励后人读书。而如果读书人做了官，也必须要提携经商的后人。”大哥说。

“这秘密不是传男不传女吗，为啥告诉我？”我问。

“不要以为你知道这个秘密很容易。”大哥正色道，“你能听到这番话完全是个偶然。我们家族在二十世纪遭遇种种动乱，然后又因为种种机缘巧合，到了我们这一代，所有男丁都经商了。上一代读书人，只有你父亲一个。而你，还考入了最高学府，成为整个家族的骄傲。现在你父亲已经不在了，我们家族的读书人唯有你。因此尽管你是个女孩子，但我们的思想不能那么守旧。我们商讨后，决定启动这笔教育基金，从你开始，全力复兴我们家族的文脉。”这最后几句话，大哥说得慷慨激昂。

“我去，我们家自打日本鬼子来后就衰败了，眼看这都快一百年过去了，还有什么教育基金？”我表示非常不相信。

大哥幽幽叹了口气：“所以我们刘家是最顽强的。我们这笔基金，过去一直就埋在这后花园的戏台子下面。由于我们隐蔽工作做得好，扛过了日本鬼子，扛过了土改，扛过了三反五反，扛过了自然灾害，扛过了‘文化大革命’，扛过了价格双轨制，扛过了经济泡沫，扛过了金融海啸……”

“天哪，我们家的这个基金这么能扛，不如我来当基金经理好了……”我的思绪已经跑远。

“不论贫穷还是富贵，我们都坚持，把生意所得的百分之十五的利润，存入这笔基金。这个规则，只有经商的人当中的当家人才知道，其他人是不知道的。当年你爷爷，也就是我小爷，上大学时曾用过这笔钱，我爷爷，也就是你爷爷的大哥，曾亲眼看到箱子里有金银珠宝，也有没用了的袁大头。你爷爷是族中最后一个用这笔教育金的人。新中国成立之后风波太多，不再有人敢动这个箱子，因此，整个家族只有你爸爸读了书，靠的是你爷爷曾经参加过革命，后来的干部身份给了你爸爸好的条件。全家最后只剩下你爷爷一个人在新社会有身份，那年我们家族在老家待不下去了，你爷爷便帮我们一家离开了家乡。”

“我爸爸当年负责这笔教育基金，可是后来几十年都无法经商。改革开放后，他跟我交班，把这个秘密告诉了我。可是印刷厂一直戒备很严，没办法进去。前些年印刷厂倒闭的时候，我总算挖出了箱子，把金银珠宝取出，旧钞票送去拍卖，将所得的钱都存进银行。这些年来我每年生意所得，也都如约放进了百分之十五进去。”

我已听呆。

金银珠宝也好，袁大头、金圆券也罢，孤陋寡闻如我从未见过。

那么，现在这笔教育基金我能做些什么呢？

我幻想着我在康河的柔波里荡漾，在塞纳河左岸品咖啡，在佛罗伦萨的老桥上吟诵但丁的诗。

总之，上穷碧落下黄泉，我要探索最高明的知识，弄懂人类最高深的思想，我穷极地球，穷尽宇宙，行万里路读万卷书，一定要成为智慧女神，光照后人。

我握紧双拳。

虽然古话说，千金难买少年志。

可自从有了金子，我少年时从没立过的志都纷纷上身了。

就在我沉浸在游学四方的想象中无法自拔之时，大哥告诉我，他们决定倾家族之力，把我的文章刊印成书。

“什么？只是给我印书而已？”我掩饰不住失望。

“没错，而且，至少，要印两百万册。”大哥信誓旦旦地说。

假如一本书成本十元，两百万册就需要两千万元。

多乎哉？不多也。这可是一笔从晚清传下来的基金，换算成今天的人民币，值这个数目很正常。

“要不哥，书不印了，这两千万给我支配吧……”

话在嘴边盘旋，我犹豫着是不是要说出口。

如果我有了这两千万，在相亲的时候，就好把其他那些千万身家的姑娘比在后面了。

这笔钱，需要智取。于是我把我听到过的、我想到过的所有不靠谱的创业计划都跟大哥充满激情地描述了一遍，请大哥投资。大哥有滋有味地听完，最后，摇了摇头。

“大哥，真不带我做生意吗？”我绝望地问。

“这个真的不可以。我们家一向是儒商，如果带你经商，就只剩商，没有儒了。”大哥一番话打破了我融到天使轮的幻想。

然后我被反洗脑，被迫接受了“出两百万册书也是创业”的这个论调。

“但是有一个条件，以后你结婚后，男孩必须姓刘，以将刘家的文脉传下去。”大哥说。

“这，这么重要的制约条件，怎么现在才说？那我还能嫁得出去吗？”我很抓狂。但想想我马上就有两百万册书了，找一个愿意孩子跟我姓的老公似乎也不是很难，于是我咬咬牙，答应了。

大哥指了指印刷厂里蒙尘的机器：“但我们首先，要恢复这些设备的使用功能。”

我愣住了，望着那一群锈铁，疑惑地看着大哥。

大哥解释道：“是这样的，我跟这家印刷厂老板后来成了哥们儿，老板在生意失利后，提出把这套厂房设备免费送给我，我可以随时使用，只要在赚钱后上缴部分收益即可。”

“我还是有点儿没懂，为什么我们不和正规的出版社合作呢？”我问。

大哥：“因为我们家的教育基金有限，这样才能把这笔基金的价值得到最大化的利用啊！”

我一头雾水地问："弱弱问一句，我们家传下来的教育基金，到底折合成人民币多少钱？"

"算上拍卖的旧币，二三十万吧。"大哥说。

"二三十万……"我哭笑不得。不过，在北京可以买一个厕所了……

"因此，我们必须恢复这套设备的使用，才能帮你印出两百万册作品。"大哥说。

看来这个小长假我有事做了。整整两天，我和大哥都在擦洗设备，给设备涂上机油，以期它们焕发光辉，然而它们终究沉默暗哑，仿佛在嘲笑我们的无知。

大哥叫来了很多闲散人等当作工人，指挥他们做这做那。

我很好奇他怎么对印刷厂的流程这么熟悉，他说自己当时为了早点儿挖出箱子，没少扒墙根看这里面的情形，久而久之，对于工作流程已经烂熟于心。

离开家乡前，我的书稿终于付梓了。机器轰隆隆地转着，城里的人都好奇地看着这一幕。

"哥，我的书印出来之后，下一步怎么做？我该如何进一步切实有效地延续我家的文脉，并将我家的书香门第传承下去？"离乡的车上，我疑惑地问大哥。

"不需要再做什么了。因为这样全天下的人就都知道我家的故事了。"大哥得意地说。

哦？只是为了这个目的？

我家真的有这个所谓的教育基金吗？还是只是大哥为了印书而制造的谎言？

昏昏沉沉间我睡着了，梦里我的太爷爷、爷爷和父亲都围在一起看我的书。太爷爷还是穿长衫的，捻着胡子微微颔首。

醒来后，车子还没有开回省城，但我已感觉到不虚此行。

回到北京后不久，我又一次应邀赴一个相亲局。当我掏出我的作品递给对方的时候，对方眼前一亮，大夸我是才女。但当我告诉对方，因为我出了这本书，而我的孩子必须跟我姓，以继承刘家文脉的时候，所有的人都走了。

原来事业与家庭就是这样难以兼得的。

11.

谜之宜家

某年冬日，在家工作了一阵子后，我身上开始娇气起来，这日我终于忍无可忍，冒着严寒开车前往宜家，想拎回一把奢侈一些的转椅。

过去只在周末去过宜家，此地的人总是多到缺氧。但是里面不乏老外和美女，总归是个洋气的地方。若不是人多，我想我还是爱去的。

周一的宜家的确没有“站”满人，但是不意味着没有“坐”满人。

每一个沙发上都坐着人，其中有不少是情侣。他们就像看电影一样并排依偎着。你若说他们穷，没地方去，因此找个免费的温暖场所，我不信。因为他们的穿着都是时尚的，与之对视时目光都是理直气壮的，一点儿没有穷学生麦当劳蹭网时那种局促的神色。不要问我为什么知道，我人生中大部分的时光都在当学生，我懂。

他们坐就坐吧，反正我要买的是椅子，不是沙发。不过我家沙发的海绵也有些塌了，也想试试沙发，但终究没试成——因为好看一点儿的沙发全都坐了情侣。我原以为那些退休的大爷大妈会沦为宜家沙发党，但我错了，大爷大妈们都真的在挑东西，他们都和我一样推着推车，只不过他们是成群结队来的，喜欢大声兴奋地讨论那些厨具到底是如何使用的而已。

我很快试完了椅子（无非是399、599、999的价格，每个价格对应一款，越贵的越舒服），走到了书房卧房展示区。这里也有很多沙发，不过私密性更强，情侣们的私语更加呢喃了而已。如果说刚才的情侣们看我的眼神还是理直气壮的话，这个区域的人在我看家具的时候，竟对我回以不屑的瞪视。大概他们真把这里当作了卧室，而我这样瞟过去确实打扰了吧。我决定目不斜视地走出这个区域。但此时有一个角落却引起了我的注意。它的感觉很像一个洗手间，这导致我很想知道，那是一个真正的洗手间，还是一个样板的洗手间呢？

带着这样的好奇，我走了过去。可是我却忽略了，在这样一个隐秘的展示区，一定有最期待隐秘性的情侣。果不其然，这个“洗手间”前面的沙发上，搂着一对情侣。如果说前面的情侣只是不屑地瞪我的话，这两个人在我过去时吓得一弹迅速地分开，然后对我反感地咂了一下舌。我只得识趣地走了，因此也就无法知道那个角落到底是不是真正的洗手间。

买完东西回家的路上我有些不爽。明明是来买东西的，可为什么所过之处却有种人人喊打的感觉？好像在宜家就应该窝在沙发里才是正经事儿一样！

但是有种感觉比不爽更甚，那就是一种浓浓的困惑。今天是周一，我出现在这里是因为我领导上月离职了，可为什么这些情侣两个人都不用工作？如果说他们是“富二代”，那他们大可以去那些奢华的地方约会，为什么要窝在这人来人往、被各式各样的屁股坐过的沙发上？如果说他们贫穷，那他们此时应该在工作赚钱才对呀！还有，如果说他们十分相爱，那就应该回家去做爱做的事；如果说他们不相爱，那他们搂着对方你侬我侬又是几个意思？我的脑子快想爆了。

事实上，照我的资深经验来看，他们的着装与颜值属于不穷不富的种类。而依据他们的动作和表情，他们则属于“不久就要散了”的“享受当下”款。而这个典型的都市恋爱族群何以聚集在了这里？我想不通，就如同我想不通刚买的挂钟为何只要九块九一样。宜家，真是谜之存在。

为什么不是家，不是情趣酒店，不是电影院，不是商场，而是宜家的沙发？

就在一瞬间（请自动脑补丽江小倩的歌曲），我懂了。我之所以一直困惑，其实是因为，我，刚刚结婚了。因此，我对于这个族群昭然若揭的目的，竟如此迟钝。

他们，是来虐狗的呀！

你看他们一个个，年轻饱满，颜值中上，牺牲了发展事业的精力，牺牲了看电影的精神追求，还牺牲了上情趣酒店的肉体追求，而要坐在宜家这半新不旧的沙发上睥睨众生，难道不是为了体验一种在无人处无法得到的优越感吗！

试想，如果我是一只单身狗，今天这一趟宜家之旅，已经受到了多么大的刺激呀！而他们又从中得到了多么大的快感哪！而这种单身狗尊严的丧失，还不是只能靠“看都不看价钱就把东西甩在购物车上”来填补吗!

“你看，姐虽然单身，但姐比你们有钱！你们连开房的钱都付不起，姐却可以买买买——用姐自己的卡！”如果我还单着，我一定会这样想，也会这样做！事实上，尽管我刚结婚，也还是下意识地往购物车里扔了好几样两块九的东西，来报复这些人嚣张的眼神。

我懂了。

这些人，就是乔装打扮的宜家员工。

因此他们可以担着让宜家沙发永远卖不出去的风险，来刺激眼前每一个潜在的，唯有用买来维护尊严的，单身狗。他们害得宜家卖不出去一款沙发，却也不会被赶走。因为，他们是宜家不可或缺的风景，同时也是宜家无名的功臣。

握着手中的信用卡，我呼出一口惆怅。

你们辛苦了，不谢。

12.

夏洛特让人很烦恼

某日茶余饭后，我和另外两个挚友开始了愉快的聊天。

我们仨的专业领域没有丝毫交集，职业分别是（没出过庭的）律师、（没接过单的）心理咨询师和（没上过院线的）电影编剧。

这样的组合若想愉快地聊天，自然是从人人可以拿来开涮的电影聊起。

于是心理咨询师小君向我提出了一个问题："作为一个编剧，你难道不觉得《夏洛特烦恼》的三观很有问题吗？"

我："愿闻其详。"

小君："这部电影讲了，一个很烂的男人不论怎么烂，总有一个糟糠之妻不离不弃地挺他。"

我没想到这部宣泄中年危机的不二佳作竟只被人注意到了结尾，觉得观众朋友真是好刁蛮。

律师小国却深以为然地补充道："没错，一般来说，一个人物在电影中会成长，最后会变好。而夏洛这个人在整部电影中是个堕落的过程，他只变好了一点点，即认识到妻子才是真正应该珍惜的人。但是一部这么长的电影竟然只讲了这样一点儿变化？他还是那么烂，还是那么无能，但马冬梅却还是对他不离不弃。"

我："终于懂了你们的看法，我也的确觉得这部电影的后半部分比前面差，但是现在看来，电影后半部分恰恰点燃了某一部分男观众的热情。因这部分男观众知道自己永远只能活得那么苟且，也不奢望自己真的能得到女神，但还是希望能有这样一场白日梦，做完之后回到黄脸婆的怀抱。哦，本来黄脸婆的怀抱他是嫌弃的，但是这部电影告诉他们，他尽管还是个屌丝，但能够拥有黄脸婆的怀抱就是一种成功，于是他们嗨了。"

小君拼命点头。

对于这个问题，我没有解释的信心。但是既然聊到三观，我决定提出一个琢磨已久，但有可能破坏这个夜晚和谐的问题："诚然《夏洛特烦恼》有这个问题，但你们没有发现一个更加奇怪的现象吗？"

二位静静地看着我。

我："中国电视剧里只有男人出轨后回归家庭，但没有女人出轨后回归家庭。这是个铁律。到了《人在囧途》和《北京爱情故事》的时候，这个铁律扩展到了大银幕界。"

大家愣了一下，小国随之反驳：“《甄嬛传》里甄嬛出轨了，且回家（宫）了。”

我想了想，否认道：“但皇上并不知道甄嬛出轨，如果他知道，一定让这对狗男女死。但影视剧里面的男人出轨后回归家庭可都是老婆知道后并原谅他的。”

小君：“那你说说，中国电视剧里到底哪些是男人出轨被原谅了？”

我：“不胜枚举。第一次注意到这个问题是高中时看徐帆和陈建斌的《结婚十年》，徐帆陪着陈建斌奋斗了十年后，陈建斌对小十几岁的女助手心动并出轨。徐帆一开始牛 × 哄哄地要离婚但是最后一集她原谅了陈建斌并和他抱头痛哭。之所以对这个结局印象很深是因为，我妈在看到这个结局的一刹那气得哇哇大哭，而全剧终三个字更加令她绝望。一年后，在李亚鹏和苗圃主演的电视剧《我们俩的婚姻》中，李亚鹏和苗圃的闺密柯蓝发生了一夜情，就在苗圃发现真相，李亚鹏以为完蛋的时候，苗圃竟然主动坐到李亚鹏的大腿上搂着他原谅了他，彼时我三观也有些碎裂。”

他们回想起这两部电视剧，觉得有些道理。

小国拍案叫好：“这是一个大发现，你应该写一篇文章！”

我得到鼓励后继续陈述：“这两部电视剧拍得都还算正常，没有特别刻意地宣扬某种三观。但是我在看《人在囧途》的时候愤怒了（注意是《人在囧途 1 》而不是泰囧）。那是一部贺岁片，一年没回家的生意人徐峥，和王宝强飞机、火车、大巴闹腾了一路，回到家中，最后发现老婆早就知道自己出轨，一直装不知道。徐峥当场快吓尿了，谁知道老婆原谅了徐峥，徐峥感动得抱着老婆哭得和傻 × 一样。看到这一幕时我真的很想知道，大过年的时候给全国人民放这样一部电影，用意何在？”

气氛有些沉默了。

我：“难道这部电影就是要在阖家团圆之际，告诉老百姓——女人，都应该原谅男人，让他们痛哭流涕地回来吗？那么请问如果是女人出轨呢，她能痛哭流涕地回到家中吗？对于这个问题，中国的影视工作者一直失语，但若干年后，一个让我心寒的电影被拍出来了，那就是《北京爱情故事》。这部电影把我的恐惧担忧完全展现了出来。在第二个故事中，王学兵总是在外面乱搞，他老婆余男终于忍受不了了，决定去夜店也搞一次一夜情来发泄、报复一把。她在夜店里浓妆艳抹、搔首弄姿，挺像那么回事儿的。但就在余男和夜店帅哥激情四射、箭在弦上的一刹那，她突然神志清醒，推开了那个男人，踉踉跄跄却毅然决然地回归了家庭，普大喜奔地结束了这段故事。当时我坐在漆黑的电影院里心口一冰，联想到之前这一系列的影视剧，终于印证了我的看法——这个国家就是这样明目张胆地打着‘家庭大过天’的名义，纵容男人的出轨，并限制女人的自由。”

至此，大家酒足饭饱后美好满足的气氛被我彻底破坏了。

小君喟然叹道：“所以呀，自古以来都说‘浪子回头金不换’，但从来没有‘荡妇从良金不换’的说法。说明自古以来这个规则就是根深蒂固的。女人，一朝淫荡，再无清白。”

一股女权主义的激情在饭厅荡漾……

小国试图从社会学角度切入：“父权社会的本质，决定了男人必须要求自己抚养的是自己的子嗣。之所以女人对于这个事情的宽容度高，是因为女人无论如何都可以确保自己抚养的是自己的子嗣。因此如果换到母系社会，女人出轨就不是一个问题。但是在父权社会，男人浪的话，女人是可以容忍的，因为没有带回来别人孩子的风险，然而反之不成立。”

说得好有道理，但我又隐隐觉得有什么不对。

小君想到了《昼颜》，说：“日本是一个极度男权的社会，却允许了女人出轨后回家，这个例子就不支持你的观点。”

我想了想，补充道：“确切地说，那是两个出轨的女人，一个跟情夫走了，但是那个回家的女人，心已经走了。诚如前面的甄嬛一样，她纵使回宫，已经全心全意爱的是果郡王了。因此中国和日本允许女人身心共同出轨，但不允许女人‘玩玩’之后回到家庭。但男人可以回归的那种出轨却通常只是‘玩玩’。”

小君：“那么就真的没有一部电影讲的是一个风流浪荡的女人最后回归家庭的吗？”

我：“好像还真的没有。且不说包法利夫人、安娜·卡列尼娜的悲惨结局了（议题已经不知不觉地扩展到西方世界），纵然《蒂凡尼的早餐》里赫本演的浪荡女最后回头金不换了，她此前却没有和作家缔结婚姻，甚至连男女朋友都不算。所以西方世界能够对女性婚前的轻狂予以一定的宽容（实际上是很少的，更多的是《茶花女》这种必死的结局），中国也有妓女从良的佳话，但是绝对不能婚后出轨再回来。好莱坞电影《情归阿拉巴马》倒是讲了一个乡下女人隐瞒自己的已婚身份到纽约打拼，功成名就后得到市长儿子的求婚，然而最后还是回到了乡下老公的怀抱。但这出轨无关‘玩玩’而是关于一个女人寻找梦想。就说最最有名的《廊桥遗梦》，那也是梅姨一生的秘密，到死也绝对不敢让丈夫知道。因此，似乎真的没有丈夫张开双臂迎接一个浪女回头的例子。”

小君陷入沉思：“为什么允许女人变心但不允许玩玩？”

小国：“还是因为一个滥交的女人会给男性带来风险。他辛辛苦苦养育的可能是别人的儿子。”

我：“但是你们有没有想到过，也许出轨并非男人的特权，而是钱带来的。我们再来想想，如果有一个这样的影视剧，讲一个女强人和一个家庭妇男型的暖男的家庭组合，这个女强人是不是可以玩玩再回头？可不可以痛哭流涕地回到男人身边？”

大家认为这个剧可以有。

小君：“那么决定出轨权的不是性别，而是经济条件？”

我：“很有可能。如果男人靠女人养，那么女人的出轨也不是那么不可饶恕。”

小君：“那不就是金钱赋予的权利吗？那不就是拜金吗？这么说来，拜金是合理的吗？”

我：“拜金不能说合理，但拜金的背后有一定的道理。当原始社会人们的生命安全需要武力保障的时候，崇尚的是武力。当大家有了社会秩序，不需要武力保障安全的时候，就崇尚金钱。等到金钱再被取代了之后，就崇尚其他东西。只是我在想，为什么经济条件可以换来出轨权？出轨是一种怎样的权利？”

小君：“一种伤害对方的权利。”

我：“不尽然。家暴是典型的伤害，但是男人家暴是不能被影视作品原谅的。”

小国：“家暴是一种直接对肉体的伤害，而出轨是精神上的，肉体伤害会致命，因此更严重。”

我：“那么精神上的伤害就小于肉体上的伤害吗？为什么这样界定？我还是不认为‘出轨得到原谅’是一种伤害权，因为这就好比我现在在我家里K歌，我邻居不爽来制止我，假如我很有钱又很想唱歌，诚恳地补偿他一万块让他忍我一晚，如果成交，这就如同丈夫在不征得妻子同意的情况下出轨了，在妻子发现后被原谅而回归家庭。但是如果我故意唱K影响邻居睡眠，他来制止时我还甩他一脸钱，告诉他我就是要吵你吵得睡不着，有本事别拿钱，那则是一种伤害。因此丈夫出轨的初衷是如同我想唱K一样，为了取悦自己，而非伤害妻子（邻居）。大多数丈夫如果可以选择，他会选永远不被妻子发现，不伤害到妻子。因此我认为金钱带来的不是伤害权，而是自由权吧。”

小国：“一言以蔽之，有钱则任性？”

大家又陷入沉默。拜金是错的，出轨也是错的，但是为什么好像变成了一个合理的解释？

答案近乎陷入僵局。

小君此时提出："我们回到一开始提到的男权社会，这个社会由男人提供经济支持，女性承担家庭任务。这原本是早期社会，开始捕猎之后出现的一种分工，对于后来的农耕社会来说，男人的体力也至为重要。"

我："这种分工延续到了文明社会，男性负责接受教育，从事社会职业，女性负责家务、哺育。男女二人的工作量也许是相等的，但是由于女性离开了家庭就无法支持自己的生存，所以被迫接受了自己低人一等的属性，容忍男性的伤害。"

小君："可是同时由于女性不用承担生存的压力了，压力都给到了男人，她获得了相对简单容易的生活。"

我："是的，'女主内男主外'与其说是男权世界的阴谋，不妨说是男人和女人的共谋。女人交出了自己的经济命脉，让男人提供经济支持，但也卸下了经济重担，由男人负担。"

小国："没错，所以女人在获得物质保障的时候让了一部分权利给男人，比如一时的背叛。"

我："但是在当今社会，男女共享教育权的情况下，男人已经越来越难完全承担家庭支柱了。但问题在于，为什么当今社会，女性在自己能够养活自己的情况下，还能够接受男人可以出轨（而自己不行）这种设定？就连我好些北大毕业的朋友都认为可以容忍男性出轨一次两次。"

小君："我认为一方面是精英教育从不教人际关系、婚恋问题。而大家对婚恋的看法很多时候来自家庭教育。于是这种传统观念，诸如'男主外女主内''贤内助''家和万事兴'之类的观点，很容易在家庭乃至社会上代代相传。”

我：“我认为顺着刚才的思路，一个比较本质的答案是女性依然在经济上显著依赖男性，以至于离开男性后生活质量会下降。在当前社会，女性成为经济上依赖方的数量远大于男性依赖女性的数量。说得直白些，如果女人挣得比男人多得多，她在被出轨的情况下把男人 KO 的可能性是很大的。”

因此，在当今社会，尽管女性可以养活自己，但是却带着一个根深蒂固的传统观念，即女性应该选择比自己“强”的男人。这个“强”很大程度上是经济条件上的。因此尽管婚姻中的女人也工作，但是很大程度上其生活品质的保障依然是其丈夫。

又因此，其实剩女问题的根源，并非什么女性学习学傻了，不会施展魅力，不会交际之类的，我们都知道恋爱中只要有一个会耍流氓就能谈得起来，不需要两个人都会。

我认为根本的原因是，很多优秀的女性不愿意让渡自己的一些权利来换取婚姻，却又执着于找一个比自己更优秀的男人。找一个比自己更优秀的男人将意味着获得更高的生活质量，这份质量不是没有代价的，是要以低男性一等的自由权来换取的。但“男女平等”这句话却又如此深入人心，所以，女性就被卡死在这两个条件里——“我要平等”，和“男人必须比女人优秀”。这两个条件所锁死的区域几乎是零。

一旦当这个买卖谈不成，女性就无法走入婚姻。这就是为什么没有那么强的平等意识的“小女人”都嫁得比较顺利的原因。不解开这个自相矛盾的锁定，就势必陷入择偶的僵局。

小君：“天哪，我们帮国家解决了‘剩女问题’！就是应该改变女性的观点，告诉女人，你也可以成为家庭的经济支柱！”

我：“是的。我们为什么不改变思路呢？为什么男人比女人多却好找老婆，因为男人可以向广大的、跨越阶层的区域里寻找配偶。但是如果改变思路呢？女性如果能够像男性一样扩大择偶范围，甚至向下一个阶层选择男性呢？这样女性就获得了平等甚至更高的权利。‘剩女问题’，也就得到了圆满的解决！”

正当我们普大喜奔，为党为国家解决了这样一个难题的时候，小君提出了质疑。

小君：“但问题是这样的阻力重重。社会对于一个家庭主妇的容忍远远大于一个吃软饭的男人的容忍。这会导致男人宁可烂透也要在家当大爷而不是做一个暖男，因为一个什么都不干的横男人也比一个吃软饭的暖男被社会认可！这就是《夏洛特烦恼》所表现的现象！所以，我觉得这部电影的三观很有问题！”

天……我们谁也没想到这个讨论还能够回到《夏洛特烦恼》，这倒也是意外之喜。

13.

谁冒充了我的签名

这天也是巧。

我在家从来不收拾屋子，家务一应是妻子一手包办的。她非常贤惠，每天早出晚归，却总能保证家里井井有条。

而这天也不知是怎么了，我就是觉得家里物品的摆放可以再进一步合理化。结果我在合理化的过程中，不小心翻出了一摞叠得四四方方的纸，抖开一看，是小宝的几张数学卷子。

我看着当场就石化了，这几张卷子的分数加起来不超过 100，我从未见过，可上面却都有我的签名，分毫不差。

难道闹鬼了？

又难道是他把我灌醉了让我签的？

我的书法袭自家传，字迹奔放，笔断意连。我的签名方式独特，自认为极难模仿，所以我的信用卡从不设密码。

这是怎么一回事儿呢？

突然，一些遗忘已久的记忆就这样灵光乍现，令我感慨万千。

我小的时候家教极严。小学一至二年级，父母的期许是双百。但凡没有达到，父母就会露出极失望的神色，仿佛我犯了天大的错误。

有一次淘气惹恼了父母，又一时冲动说出了“我本不爱学习”这样大逆不道的话，曾经被父亲五花大绑，吊到门框上整整一个下午，险些残废。

从此读书非常用心。

但这种用心到了初中渐渐无法维持。初时，我以全校第一的成绩考上了全市最好的中学。那天张红榜，所有人都看到榜上第一个是我的名字。

可是进了重点班我就开始骄傲起来。原本我聪明贪玩，在学习上总是疏懒，不料班上人大多勤奋，一时之间我竟落在了后面。

越是焦虑越是要用玩耍来缓解。我打球、看小说、租碟子，背着父母做一切“出格”的事情。然后立马现世报——几次小测，我的数学都没及格。那些方法我全都会，只是马虎算错了答案。

到了回家的日子，试卷要拿给父母签名。我这才追悔莫及，恨不能回到考试那天把答案都修正过来。天知道父母看到我的试卷会是怎样暴跳如雷。

情急之下，我的好室友大壮偷偷告诉我一个救命办法。邻班有个姑娘是他小学同学，学习成绩极好，而她有个特别的本事——字迹模仿谁像谁，小学时就常有人央她帮着模仿家长签名。我听了先是一喜，随即又担忧起来——家父的字迹十分狂放遒劲，一个小女孩果真能摹写吗？

最危险的是，只要她用钢笔字签的时候写错了一点儿，这卷子就毁了。这时若想交给老师，会被一眼看穿。若是拿回去给父亲，也是罪加一等。

找，还是不找她呢？

那天夕阳西下，我还是回到家中。那卷子藏得深深的，一点儿也不敢给父母看到。

晚上躺在床上，我骗自己这些都是假的，明日太阳升起，世间将根本没有那几张不及格的卷子，而我也将重回儿时的辉煌。

可是“物质不以意识为转移”，该来的还是会来。

一大早，课代表来催交试卷。此时距离上课只有十五分钟了。我别无他法，只得让大壮带我去找那个姑娘。

姑娘叫雪。

她听了我们的请求，起先愣了一下，大概是没想到上了中学还有这样的业务来找，随即笑嘻嘻地要了我以前的卷子来看——那上面有父亲的签名。这时的我就如同病患看到了大夫，焦急地问她是否能够准确模仿。她不经意地扫视了一眼试卷，然后凝神看了一眼父亲的签名。

她那凝神的时间连一秒也不到，不过却极专注，那一刹那我感到时空都仿佛静止。她点点头说可以。我顾不得担心，连忙把这次不及格的试卷递给她。

她先拿铅笔云里雾里地轻轻勾了个形状，好像是定了个型，然后让我背过身去，说我看着她的话怕她手抖。

等我转过身时，父亲的大名已用钢笔字签好了。

我惊呆了，那简直就是我父亲的亲笔签名！谁也不可能想到这字迹出自一个乳臭未干的小姑娘。

尽管和原签名两相对照，还是有些许纤弱，但是收上去的卷子并无过去的签字作为对比，因此是断然看不出来真假的。

我心里大石落地，千恩万谢而去，心里满满是踏实，也生起了对雪的佩服。

我开始不由自主地关注雪。可是她的消息是那么少。雪的成绩在班里就是中等偏上，不落后不拔尖儿。平日不爱打扮，看起来也普普通通。他们班但凡表演节目、举行竞赛，都很少看到雪的身影。她是那么隐形。

而那学期我考试总失手，算下来我的数学一学期竟有四次不及格。我渐渐不再劳烦大壮，独自去隔壁班找她。

两个班的同学都开始传我们的绯闻，说我喜欢她。冒着这样的风险我还是只能找她，因为我无法让父母在不及格的试卷上签字。

但是渐渐地，她在同学们的起哄声中走出教室时那种略带羞涩的样子，竟让我非常欢喜。她平素淡定，而那一瞬间特别美。

日子就这样一天天过去，我们升上了初三。直到某一天，雪签字的时候意味深长地看了我一眼，却什么也没有问。

我知道她为什么这样看我。

这学期我一共找她签字五次，分数分别是98、97、99、99。但这次是100分，我觉得再去找她签字或许已太过多此一举，可是我真想看她走出教室的样子。如果那时有DV之类的设备就好了，我只要把那个镜头拍下，就可以自己反复看了。可是并没有，我若想再看她的那个表情，就必须去她班门口找她。

一次次的观察中我发现，雪的手脚不是特别协调，过来的时候跌跌撞撞，总要磕到绊到些什么似的，这样子在我看来煞是可爱。

我的成绩越来越好了，次次上年级的红榜。因为我心上住了一个人，我希望她每次签的是我最优秀的成绩。

然而就在雪签了那张满分试卷后不久，她突然转学走了，再无消息。虽然我的成绩已经好到再也不需要她签字了，但我恨她这样弃我而去。

不过少年人的心性就是这样飘浮不定，我的确曾恨过她，但又的确很快忘记了她。

时隔二十年，当我在儿子书包里翻到和我一模一样的签名时，竟然突然想起了这件小事儿。

我和大学时的初恋曾爱得轰轰烈烈，以至于我每次喝醉都要想起那个女人。可是今天想起雪，我忽然懂了什么。

我初恋样貌平平，在那些对我抛来橄榄枝的姑娘里毫不突出。

可我深深记得打动我的是那一瞬。那是个冬天，我们社团聚会出来之后外面已下雪。一行人早已走出好远，我忽然觉得少了人，回头一看，她一个人落在后面，跌跌撞撞走不快。

那样子让我莫名心动，于是我回头去接她扶她一起走。不久后我向她表白了。

很多姑娘诋毁她是心机婊，但我知道不是，她是真的手脚有些不协调。

今天我才知道为什么自己会在那一瞬间莫名心动。原来雪这么坏，只不过给我签了几次名字而已，谁知她走路的样子，竟在我脑海里植入了一个这么深的潜意识。

我儿子究竟是如何模仿我的签名的？我决定去儿子学校一探究竟。

儿子的教室后面有块玻璃，可以供班主任老师窥视。

这回我充当了这个偷窥者。

儿子上课时真不老实，总是悄悄拽前桌女孩的辫子。女孩却一直忍着，什么也没说。

等到老师回身到黑板写字了，女孩突然回头，马尾一甩——我以为她要揍我儿子。殊不知她却回以一个明媚的笑容，将手里的纸团轻轻掷在他脸上。儿子也开心地笑着。上午的阳光洒在这一双年轻的儿女身上，我竟觉得很美。青梅竹马，两小无猜，不过如此。

而那女孩的笑容，与我记忆之中那个女孩的一样。

不过时隔那么久，我早已不记得雪到底长什么样了，也不知道那笑容究竟是真的相似，还是只是我的臆想。我想我总要亲自见见女孩的母亲才能知道。

终于等到了家长会。

我忐忑地坐在儿子的座位上。前面那位女同学的家长却还没来。孩子们的名字都被贴在桌子上，我瞥到那女生的名字，叫作冰。

雪与冰。我更加忐忑起来。

不一会儿身后响起一阵趺趺撞撞的高跟鞋声，我心跳加快，却控制自己不要回过头去。一个女人的身影趺趺撞撞而来，她凝视了一下桌上的名字，坐在我的前面座位。她身形俏丽，十足是个美人，我的心有些沉下去——雪是不漂亮的。

不过我没看到她的正脸，还有一线希望。

整堂课我都没有听到班主任在说什么。冰的母亲很认真，时不时奋笔疾书，几乎记下了每个老师说的话。

她一直不回头，我万分煎熬——难不成要靠找她借笔记来让她回头吗？

她的头发是大波浪卷，柔柔垂在我儿子的课桌上，我真想猛揪一下她的头发——那才是我。

可我不能那样做。

忽然老师的一句话闯入了我的耳朵：“有些家长，看都不看孩子的试卷就往上签字。我让您签字，不是只让您看一眼分数，您得带着孩子一起来分析。而家长放任自流，或者是非打即骂，我觉得都是不妥的。”

我突然举起了手。

老师错愕：“张小宝的爸爸，请问您有什么问题吗？”

我站起来朗声说道：“我认为让家长签字这种做法是落后的，会让孩子们平添极大的精神压力——我们在座的各位家长应该都是这样过来的吧。试问这种做法除了让亲子关系变得紧张以外，真的促进了孩子的成绩吗？”

家长们都愣了，发出哂笑声，但还是有不少人点了点头。

我继续说道：“我认为，每个男孩的试卷应该交给自己喜欢的女孩来签。如果说给父母签字是赋予他们一种压力的话，我认为给喜欢的女孩签字才是赋予他们动力。压力是被动的，而动力才是属于他们自己的。”

家长们哗然大笑，老师的脸都绿了。

家长们笑得更欢，一时之间，仿佛回到童年，我是那个捣蛋的坏学生，其他人是有贼心没贼胆起哄的孩子们。

而我才不在意大家对我的注视，我只注意到在我说那句话的时候，冰的妈妈轻轻震了一下。

我发表完了言论便自行坐下。冰的妈妈突然回过头来，表情复杂地看了我一眼。

那眉眼、神情，真的是雪！她化着精致的妆，尽管五官还是小时候的，却变得非常美貌出挑，尽管女儿都上初中了。

这是怎样的巧遇？

雪也认出是我，不由得露出了当年一样羞涩的表情。我不想再同她失去联系，马上扫了她的微信。

老师继续喋喋不休，我一直在翻着雪的朋友圈：送女儿上书法班、和闺密下午茶、主持公司年会、全家大溪地度假……

从朋友圈来看，她是个幸福的女人。我真为她高兴。

散会后我们一起走出教室。

穿过操场的时候我几乎以为自己还是那个浑浑噩噩的少年。

“谢谢你。”雪突然开口。

不再是一个少女的声线。我有些遗憾。

“当年我很普通很普通，你成绩那么好，却经常来找我，尽管大家起哄有些烦恼，但我心里是很高兴的。

“慢慢地我开始暗恋你。没事儿就在一张草稿纸上写你的名字，为你设计签名。结果不小心被我父母看到了，那时已经初三了，父母觉得很担心，就突然给我办了转学。

“我觉得你可能并不喜欢我，所以也就没有与你告别。这些年我常常想，也许会在哪个转角遇到你，没想到念念不忘必有回响，我们竟然生活在同一个城市，儿女竟然是前后桌。你说，我们是有缘呢，还是无缘呢？”

我觉得我们有必要好好一起研究一下“宿命”这回事儿。

于是我问她：“晚上是否有空一起共进晚餐？”

她莞尔一笑：“抱歉，我们只能聊到这里了。我先生在校门外等我。”

“我先生”三个字彻底把我从浑浑噩噩的少年击回一个焦虑的中年。

我一下子恢复了神志：“那代我向你先生问好，我也要回去收拾我家小子了。”

她一下子笑了：“说来我早见过你儿子，他悄悄送过我女儿回家好几次，在巷子口被我看到了。”

“我好八卦。”她笑得更加明媚。

这样的笑容里她飘然而去，就像当年每次我拿着她签好名的试卷，还在感慨，她就已经悄然离去了一样。

你说这世间，究竟是否有“宿命”呢？若有，又是以一种怎样的规律在运行呢？

所有人都走了。

我独自绕着操场，走了一圈又一圈。

14.

六月的阿尔勒没有向日葵

在七人座商务车上，看着窗外一片又一片蔫头耷脑的向日葵的绿头，我暗自责骂自己又一次装 × 失败。

在我短暂的青春年月里，凡·高是一个值得敬佩的生机蓬勃的象征。在这里，他画了自己的房间、吊桥、咖啡馆、星月夜、向日葵。而在这一望无际的法国平原中，一丛又一丛的矮木呈现出他笔下笨拙的质感。

然而，一个孤独文艺女青年的凡·高之旅，难道就为了在南法六月的高温下看这些没开的向日葵?

昨天这时候我还在瑞士的少女峰上。我在山脚下的瀑布小镇合计了半天天气如何，该不该买张巨额火车票上山，却忽略了那是我大姨妈的第一天。我坐在供应热水的咖啡馆里捂着肚子思索了半日，最终，只穿一件风衣的我还是咬咬牙出现在了欧洲之巅。

欧洲之巅上不乏祖国同胞，他们在冰天雪地里奔跑跳跃，让我有了一种没出国门的错觉。但是这种熟悉的感觉没有持续太久，由于我下山时坐错车厢，竟被一群台湾“泛绿党”千夫所指。

“这车厢是我们旅行团包的耶，你坐错了。”

每个上来的人都这样对我说，每一个。而这天是我大姨妈第一天。

我突然怒吼道：“我知道了，不用你们每一个人都说一遍！”

原以为这样的咆哮在这个安静的国度和这一群文质彬彬的中老年游客中会引发一阵尴尬的寂静。

可是车厢却没有因此安静，“泛绿”老人团们接着说：“妹妹，那么凶干吗啦……”

我只好戴上墨镜和耳塞，捂着肚子看窗外的雪山和绿地。

说好的旅行改变人生呢?

下山后我就直接提了行李奔向南法，我只想到温暖的地方待一待。就这样，我来到了文艺青年必去的普罗旺斯。只不过需要提醒的是，世界上并没有普罗旺斯这样一个具体地点，普罗旺斯就如香格里拉一样，是一个大范围上的概念。因此所有来普罗旺斯的人都会先聚集在千年古城阿维尼翁，我也不例外。

从阿维尼翁这个著名的落脚地出发，会有各种各样的小团，大部分人都选择去看薰衣草花田了，而生无可恋的我选择了为期一天的阿尔勒凡·高之旅。

也许很多情侣来普罗旺斯是为了《又见一帘幽梦》里的薰衣草田，

而孤独的我来到这里只是为了阿尔勒和它曾经的好居民凡·高。

在约定地点集合的时候，我发现司机兼导游是一个文艺美女。随后团里陆续来了两个伦敦女人、一个俄国女人和一个中国男人。

那个中国男人是最后出现的。我素来非常讨厌文艺男青年，无论是搞电影、摇滚、话剧或是什么行为艺术的，此刻，我只要想到一个男人会独自去阿尔勒缅怀凡·高就感到非常厌烦。为了避免他前来攀同胞以及找知音，我赶快坐到了副驾的座位。

透过反光镜我看到那个中国男人在最后一排，身着格子衫的他在那个俄国女人壮硕身体的反衬下显得单薄无力。毫无疑问他是个经常走走看看的背包旅行者，也就是大城市里最常见的那种工作朝不保夕却自鸣得意的人。

“前面就是向日葵了。只不过没有开。”美女导游边开车边用慢速英语介绍着。

我知道没有开……本来想在绽放的向日葵花田里留下典型的凡·高式照片，看来已是奢望。

“为什么会想到种这么多的向日葵？”我自言自语。

“它们的种子可以用来吃，你们吃这些种子吗？”她问。

谁会吃那个，我内心吐槽道，但转念一想，她说的不就是瓜子吗……

“另一个功能是榨油，用来做饭。你做饭吗？”

在这样的对话中我们穿越了向日葵花田和葡萄田，来到了阿尔勒古城外。

古城入口前，美女导游突然拿出了一本画册。

“这是凡·高早期的作品，你们看，这些画作都是冷色，传达出了阴郁绝望的气质。”

这些作品我的确并没有看过，看来我并不是凡·高的真爱粉。可以感到的是，这些画真的非常黑暗阴鸷。

“可是他移居到了南法之后，作品变得热情明亮起来。”美女导游往后翻了一页之后，一张张熟悉的明黄与天蓝色的作品呈现在我们眼前。

不知怎的，有些感动。

南法会治愈一切吗?

阿尔勒古城不大，而且今天是个周日，所有的店铺都关了，一片寂静。破旧的教堂地上飞卷的彩纸提醒我们，昨儿个是周六，南法人都酷爱在周六结婚。教堂的院落，石头堆砌的墙都斑驳了，半截枯木上落着乌鸦，在这种氛围下结婚，究竟是落寞还是永恒呢?

“啧……”格子衫男人发出一声感慨，映衬着我刚才的思维。这让我警惕地意识到他靠近了我。但不幸的我发现，不知不觉间，两个伦敦女人和一个俄国女人都各自离远了，只剩下我和格子衫男，一左一右陪伴着美女导游。我悄然走远了一些。

歌剧院的废墟前，一个老妇人在快乐地拉着手风琴唱着歌。离开之后，美女导游突然八卦地说："你知道吗，她是整个阿尔勒最有钱的人。"

我不禁有些不是滋味。

在北京，所有忙碌的打工族都在假装自己很优哉游哉，就如我这样，用攒了三年的加班存休兑换一趟旅行，还要假装自己只是兴之所至，说走就走。而所有无所事事的有钱人，又酷爱假装自己日理万机。就算他们不去创业、没有社交，也要强迫自己有一搭没一搭地学习高尔夫或 MBA，一副很难抽出空的样子，实际上躺在阳光房里那一成不变的生活已变得比白开水还寡淡。

为什么就不能各自归于诚实？为什么我就不能老老实实地一生搬砖，而要出现在这座距北京八千多公里外的老城呢？为什么那些富人就不能像眼前这个拉琴唱歌的老妇人一样，毫不掩饰自己的寂寞，为自己的空虚真正找一些解决之道呢？

我已经陷入一种批判性思维不能自拔，冷不丁之间身边格子衫男又发出一声感慨。

抬头间我才看到，眼前的景物似曾相识。

那就是凡·高那一幅《星月咖啡馆》里的主角——咖啡馆。

怎么会这么黄啊……我的心 down 到谷底。

美女导游适时地解释道，原本这个咖啡馆并不是黄色的，只是淡淡发黄的。但是由于凡·高的画太有名，于是老板决定将它漆得和画里一样黄。

这下子的目瞪口呆，可不由得让我与格子衫对视了，太令人绝望了。看来这弄巧成拙毁伤文物的，古今中外概莫能外。

看到格子衫眼里的淡淡失望，我忍不住再戳一刀："要我帮你拍一张照吗？"

他露出迷之尴尬的表情，但还是坐到椅子上摆了个 pose。我非常认真地选取了和凡·高同样的角度，以同样的比例照下了这幅照片。

"你要来照吗？"他问。既然同属千里迢迢至此装 × 失败的天涯沦落人，我倒也不妨一照。

我在椅子上凝望远方，故作一番悠闲之状。美女导游粲然一笑。

没两步远就进入了凡·高居住过一年的精神病院。虽然这是一间精神病院，然而花木繁盛，一如凡·高笔下的那幅画。此处比黄色咖啡馆好上太多，我为同行的伦敦人和俄国人照了好几张照片。

"凡·高笔下的景点已带各位看完，大家可以继续自行游览阿尔勒了。"美女导游说完，三个西方人就互相勾搭着一起去吃午餐。

于是两人又一次同为天涯沦落人。

"你一个人来旅行的？"格子衫问我。

"你是一个人来的吗？你从哪儿来的，哪天来的，来这里几天，什么时候走？"可能是经期综合征，话一出口我就觉得自己有点儿反应过度。但是我真的很反感这种打开话题的方式。

他有些不高兴，没再说话。

没劲。我想在下一个转弯处就甩掉他。

我这一趟来欧洲，是怀着很强的目的性的。工作正好满三年，我裸辞了。

“哎，你是不是刚失恋？”格子衫终究没能成功被我甩掉，在后面这样问我。

“难道你不是吗？”我反问。只身一人远赴欧洲的单身男女，多半离不开“失恋”二字，他那样认为我，我也那样认为他。

“是的，没错。但是我并没有因为失恋而让自己修养下降啊。”他说道。

“你怎么知道我平时的修养很高呢？”我问。

“我猜想吧。从你的气质猜想的。”他说道。

我沉默。小时候常常有人夸赞我气质佳，高中之后就没有人说过了。

“既然这么伤感，那一起喝一杯吧。”他提议。

“今天周日，商店全部关门。”我说。

“总有个别开着的。”他说，然后一指不远处。

的确，有一家小酒馆在不顾上帝的教诲而营业着。

在法国就是随便买一瓶便宜的酒也是美味的。我喝着酒，如同洪水泄闸一样对他讲起我的上一段恋情。

“那是我的初恋，我遇到他时，就知道，这就是我二十多年来一直寻找的人。我二十多年来所走的路，所读的书，所修炼的你所谓的气质，就是为了这一刻，能够自然地走在他的身边。可是三年了，我感到他越来越难以琢磨。他有时会若有若无地向其他年轻姑娘示好，同时却要求我日益稳重有担当。当我暗示他是否应该给我进一步的承诺，比如求婚时，他告诉了我真相。”

“他爱上了别人？”

“比这更可怕。”我陷入了幽深不可复的回忆，“他问我，你有什么不可替代性呢？的确，你可爱、有礼貌、饱读诗书、给我带来了很多快乐。可是能够给我带来快乐的姑娘千千万，她们一样可爱、有礼貌、饱读诗书，同时她们还是新的人，能够给我带来新的快乐。因此，为什么是你呢？”

“我从来没有从这个角度想过我们的爱情。在这段感情里我提升与约束着我自己，也以一种耐心面对着可能的各种失望……虽然我们有时争吵，但我从来都认为这是修成正果前必经的路，我们一定会携手走下去。我们是灵魂伴侣，就像我喜欢凡·高，他也喜欢。我们都喜欢凡·高溢出油画框的张力。”我说。

“他这么直接，很有钱咯？”格子衫问。

“有钱其实谈不上，但也的确有一些资产。而且，跟我在一起的这三年里，他的资产是呈几何式增长的。我曾经幼稚地以为他的成长也有我一份功劳，尽管他并没有给过我任何奖赏。”我说完之后，忽然觉得很委屈，忽然觉得离开是对的。

从分手到现在，这一路走来，我觉得我都没有抛开他。可是当我讲完了这一切之后，突然为自己感到非常不值。

“你呢？听了这么多，讲讲你为何失恋？”我问道。

“我没想说。”他饮下一大口普罗旺斯的红葡萄酒。

“你抵赖？”我很生气。

“我原本只是邀你喝酒，并没有说要和你聊这些。至于你自己愿意说了，那我也不妨一听。”他冷淡地回应我。

“狡诈。”我真的很生气了，“她长头发还是短头发？戴美瞳吗？身高是一米六五还是一米七八？胸是A还是D？腿长吗？会做饭吗？做的饭好吃还是难吃？情人节你送她多少朵玫瑰？你们最后一次看的是什么电影？她是什么星座的，上升狮子还是月天蝎？”

作为报复，我一口气质问了他很多细节。果不其然，他的眼睛潮湿了。

“你可千万别哭哇，现在是下午两点，一会儿我们就要回去集合了。”

我很想阻止这脆弱的一幕，但是他的眼泪还是一颗颗滚入了酒杯。

“酒入愁肠，化作相思泪呀。”

我的脑海浮现出这句高中语文课本上的诗句，然后拿起用手机打开滤镜模式拍下来眼前这个酒杯，并P上这句文字，以化解此刻的尴尬。

“你愿意在阿尔勒多陪我一个下午，听我讲个故事吗？”他显然没看到我在干吗。

我在脑海中飞快地过了一下之后的行程。下午的行程是到酒庄品酒。而我似乎已经品过了。如果不和那几个欧洲人一起走，我们也可以坐小火车回去，倒也不耽误。我答应了他，就给导游打电话说我们下午

我不服气地，穿过混乱的人群，

走到嘟嘟的面前，故作胸有成竹地问道：

“嘟嘟，你是男孩还是女孩呀？”

——《性别意识》

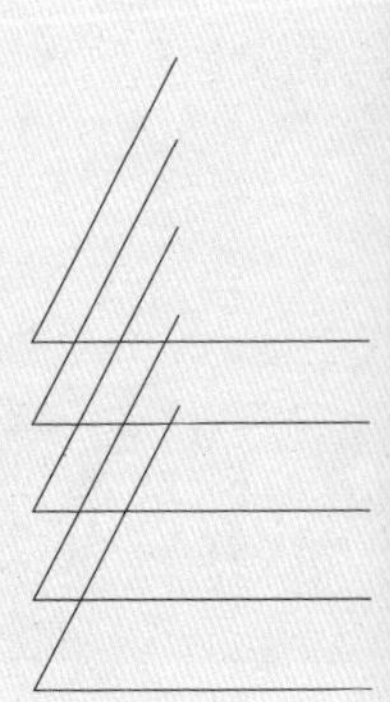

0
9
3
6

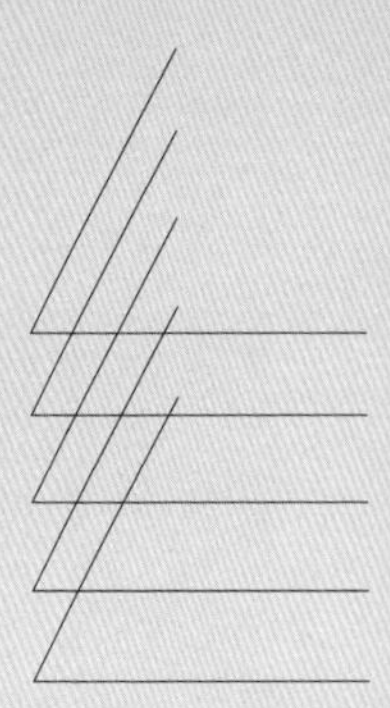

这样的笑容里她飘然而去，

就像当年每次我拿着她签好名的试卷，

还在感慨，她就已经悄然离去了一样。

——《**谁冒充了我的签名**》

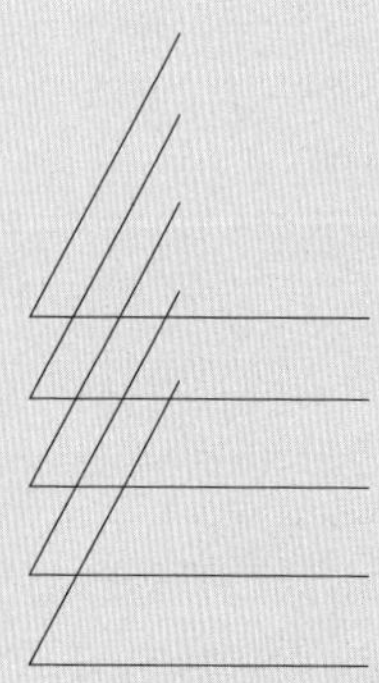

“有缘再会。”

我们这次真的各奔东西了。

——《六月的阿尔勒没有向日葵》

工作计划

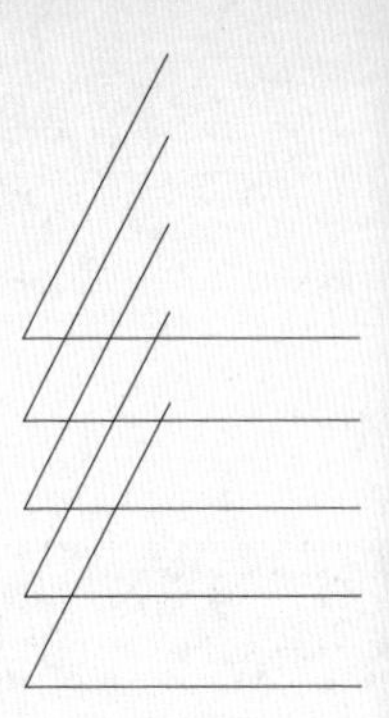

后来我才知道，

若江湖有门派的话，我们这一派

就可以称作野鸡派。

——《我的编剧师傅》

自己行动了。

接下来，哭泣的格子衫就开讲了。

“她是短头发的，毫无疑问。我喜欢的每个姑娘都是短发。她号称自己是 C 杯但其实只有 A+。腿很长而且很直很白。”

白长直？我脑海中闪过这样一个新的形容词。

“她曾经不会做饭，但后来会了，也还是很难吃。我从来没给她送过花，最后一次看的电影是 X–Men。她非常爱我，非常爱。虽然此前我已经有过很多任女友，但我是她的初恋。她对我就像你对你男友一样。我喜欢她，但如你男友一样，我找不到和她厮守终身的理由。我不知道为什么我唯一的伴侣就是她而不是别人。诚然我们都喜欢凡·高，我们也都喜欢毛姆和伍迪·艾伦、奈保尔还有帕慕克，当然还有塔可夫斯基、伯格曼、昆汀、北野武、侯孝贤、基耶斯洛夫斯基、库布里克、比利·怀德、洪尚秀……”

“抱歉，打住，我知道你们有多喜欢电影了，就不要念 IMDb 榜单了。”我被一堆的“司机”扰得心烦，打断道。

“接下来，我用你 ex 一样的理由回复她，但抱歉，我们没有任何恶意，也不代表我们就是你们口中的渣男。我们只是要给自己一个交代。”他没有介意我的打断，自顾自地说。

“你们当然不是渣男。因为你们非常重视承诺，所以从来没有给出过任何承诺。”我忍不住翻了个白眼。

“你这么说我也无言以对。”他说，“她如你一样，感到难以接受我的说法，突然离开了我。一开始我非常淡定，因为我想这正是我对她的一个考验，如果她因此而走了，那正好解决了我的难题——说明她并不是我唯一的那个伴侣。而如果她通过了这个考验，理解了我，然后回来，那则说明她有可能是我唯一的伴侣。”

我被一堆“唯一的伴侣”绕晕，瞪着他说道：“如果她的颜值再高一些，高到你觉得高不可攀，或是她的财富多到你觉得高不可攀，那么她一定会是你认为的那个唯一。如果她装 × 的技能再高一些，显得她更加特别一些，或者她再作一些，也会让你对她更有确定的感觉。简而言之，你是她的初恋，她陷了进去，你操控她易如反掌，但是你很想知道被她控场是什么样的感觉。”

他有些彷徨，好像没听懂我的话，继续说道：“也许你说的是对的，但我当时并不知道……我只知道，她离开我后，我的看法全变了。她来到了南法旅游，然后很快，迅速地，和一个外国男人坠入爱河。对方是一个意大利男人，连英语都不会讲，而她也丝毫不会意大利语，我不知道他们是如何交流的。”

如何交流？对不起，我不怀好意地笑场了。南法和意大利接壤，街上已经有了不少又正又帅又高又会穿的意大利美男子。

格子衫尴尬地解释道：“是的，我一开始也以为是情欲的吸引，但后来她真的给我打了一个电话，告诉我她要结婚、移民了，请我祝福，感谢我放手。那一刻我意识到我永远地失去了她，也就在那一刻我突然感到，她就是唯一那个人。”

这一句话非常矫情，但是我居然相信了。

我居然相信了一个文艺老司机套路化的自述。因为他的表情在那一刻真的空洞如失去魂魄。

“为什么，为什么一定要在失去的同一刻感到她是唯一的？为什么不能早一点儿，哪怕在一天、一小时、一分、一秒之前呢？命运如果有人安排，那那个安排的人究竟是谁呢？”他喃喃自语道。

“所以，你现在来这里，是要效仿她来场‘虽以约始，但以心止’的不分手的艳遇咯？”我的补刀不能停。

他摇摇头。

“我来这里另有目的。因为她对我说，每年向日葵开的时候，都可以来找她，但是，一年只能见面一天，就像牛郎织女一样。这一天，她希望是六月二十二日，太阳进入巨蟹座的第一天。”

“为啥是巨蟹座第一天？”

“因为这天是我们多年前第一次约会的日子。我早就不记得了，是她告诉我的。”

我拿起手机看日历，今天正是六月二十二日：“那你要去找她吗？”

他摇摇头。

“为什么？”我问。

“因为我来到南法才知道，六月二十二日是没有向日葵开的。不仅今年此时不会开，明年也不会，每一年，葵花都只在七月中旬开放。如果我想在向日葵开的时候看望她，那就错过了她规定的六月二十二日。因此她那样说，只是为了委婉地告诉我，此生再也不见。”他说完了。

我的鸡皮疙瘩起了一阵，又平复。

夕阳西下，我们去赶离开阿尔勒的最后一班小火车。我惆怅地看着窗外绿头的向日葵，想着一个月后它们就会盛放，三个月后桌上就有了香喷喷的瓜子。那时候，我、格子衫男、嫁给意大利男的姑娘又在何处呢？

摇晃的火车上，格子衫问我，你们女人到底是怎么想的，前一秒还生死相许，下一秒就会马上变心？

我也感到难以回答，只好搬出万能的达尔文，声称这是人类这一物种为了延续而进化出的一种本能。无论男人还是女人，长情的种类无助于繁衍，因而早被优胜劣汰。

他说谢谢我，同时由于他做过与我前任类似的行为，因此向我道歉。

如果我能接受，如果这能给我安慰。

此时，我实在不忍心告诉他，我对他所讲述的初恋，其实，是我刚刚失去的工作。

漫长的年月里我没有谈过一场正经八百的恋爱。作为一个普通家庭的普通女孩，我能想到的得到体面生活的唯一方式不过是，好好学习，认真阅读，求知若渴。而当我来到我第一个公司的时候，我感到这就是我梦寐以求的地方。这是一份妙趣横生的工作，我最终过关斩将，被公司录用，成了一个创意工作者。尽管实习期的工资低得可怜，同组的老同事一到月底就互相借钱买饭，都不曾吓倒我，反而兴冲冲地进军这个行业。

三年后，饿得前胸贴后背的我用此生最大的勇气跟老板提加薪。这时，一向对我的才华十分肯定的老板突然告诉我，认清自己的位置。

“你在的是创意行业，你想了三年，已经没有新东西了，随便一个刚毕业的新人，都可以进来贡献更新更好的创意。她们的薪水还可以比你现在更低。公司不可能不考虑优化成本的问题。

“不要奢求太多。”

这一刻他显得那么急躁而直接，并不像平时那样语重心长。

我曾经以为自己会与公司共进退，我要用最好的创意为公司添砖加瓦，同时公司的历史上也会留下我的姓名。

我想不通这一切，于是辞职，来到南法。但我知道，我的老板也许对我的离开只是如释重负而已。他并不会在午夜痛哭，更不会来南法寻找那个总是“击中他灵魂”的、“优秀得无与伦比”的、“不可多得”的创意工作者。

他很快会用他黄色的兰博基尼跑车招徕一个又一个以坐上他的车为荣的实习生，为她们勾勒一个虚幻的未来。只是这未来里有他，有公司，却没有别人。

我转租了还有三个月到期的房子，揣着一笔巨款来到欧洲，希望能有一场美妙的邂逅，让我能够移民于此。

嗯，这就是我此行的目的。尽管还没有开始实施。

“回到阿维尼翁后，你去哪儿？”格子衫问我。

“尼斯。”我坚定地回答，然后我要去热情如火的意大利，“你呢？”

“马赛。”他也坚定地回答。

这意味着，我们即将各奔东西。

下了小火车后，我们拖着行李走进古城，人流之中我们连再见都没说。

我回过头，忍不住在人群中多看了他一眼。

而他也看到了我，突然走回来。

我以为他要说什么，因为他郑重地凝望着我，久久无法开口。

最终他说出了要说的话：“我刚才忘记说了，她原本不是短发的，她头发长长和你一样，为了我才剪成了短发。所以，她原本不是一个短发的女孩。”

“嗯，这一点很重要。”我点点头，肯定了他的这一补充，“有缘再会。”

“有缘再会。”

我们这次真的各奔东西了。

/ 我的灵魂很严肃 /

谜之人物

只缘感君一回顾，使我思君朝与暮。

/ When I talk,I am quite serious /

01.

我的编剧师傅

我的编剧师傅斯文而优雅，她洞谙人性，体察事态，有时候甚至有点儿八面玲珑，稍稍失了一个文艺工作者的朴拙。

我跟了她以后才知道编剧到底是个什么职业。

彼时我还只是一个怀揣着文艺梦想的女青年，时时以挽救中国电影市场为己任。怀着这样高尚的初心我进入了第一个剧组，在制片组打杂。为大家端着盒饭递着通告的时候，我从没忘记自己要当一名编剧的事儿。我们的制片主任知道后，好心告诉我，想当编剧，先得跟个师傅。

后来我才知道，若江湖有门派的话，我们这一派就可以称作野鸡派。因为市面上百分之九十九的编剧都是电影学院出来的科班毕业生。

但巧的是，我不是，我的师傅也不是。

当时她见到我很诧异："为什么你要拜师傅？想当编剧，就去写好咯？"

她之所以这么说，是因为她在成为一名编剧以前，是一个三流小说作家，每个月在杂志上登一些通俗的爱情小说，勉强过活。然而命运十分眷顾，一个制片人看中了她的小说才能，投资她来试水当编剧。随后她渐渐进入圈子，也有了一定名气，大家便不会再纠结她是否科班毕业，有没有师傅这件事。

"我能够教你什么呢？"她礼貌地推辞着我，"编剧不是文学创作，我觉得这也不用学。"

"可您是千里挑一的幸运儿啊。如果不是被伯乐发现，您现在还在写言情小说。当然我不是说写言情小说不好，但终究不能被更多人知道您。可是您不能指望这样的幸运再发生一次呀！"我说。

"可是我一直的心愿就是能够重新回到言情小说界。我喜欢写言情小说！"她说。

好在师傅的性格比较随性，她没有与我陷入长久无望的理论，就收下了我。她对外称我是她的助理，给我发微信时则尊称我的笔名"土呆"。而为了避免我们之间有太深的纠葛，她没有允许我叫她"师父"，而是"师傅"。她告诉我编剧只是一个体力活儿，叫师傅更加贴切。

我跟了师傅之后才知道原来编剧这个职业和我想得好不一样。

我以为编剧是受人尊重的，坐在书桌前，清茶一杯，稿纸一铺，十年磨一剑，青史留姓名——拼的是文采、见识、才学、阅历。

总之，这个职业就和我师傅的模样一样体面、优雅，她是千古才女，我是抱琴小童。

我梦想中的人生图景徐徐展开。

谁料编剧这职业竟然丝毫不风雅，倒有些像女飞贼。

且听我道来。

我拜师的时候很不巧，恰逢师傅断了活儿，八个月没开工了。

师傅没隐瞒地告诉了我，她说再等俩月。两个月不开工，就回去嫁人。

我每天无事，就在她的工作室兼家中烧香拜佛，天灵灵地灵灵，中国影坛不需要多一个主妇，而迫切需要一个才女编剧（及她的传人）。

她则追美剧。

我的苦心祈祷终于奏效，一周后，活儿来了。

师傅第一件事是打开衣柜，里面分门别类，有四五套行头，风格迥异。

“是接客的节奏？”我腹诽道。

只见她拎出一件深红及踝长袍，上面绣着碧绿的瑞兽。

“最炫民族风？”我问。

“对。今天约我的人是第一次见，他们点名要有经验的资深编剧。可惜我一直是娃娃脸，搞不好要被他们以为没经验，这件衣服年龄感是有了。何况这是一个仙侠剧，我穿艺术一点儿会显得这就是我本命的剧本。”

“穿得很没品耶。”我说。

“你以为找你写戏的人都是有品的？”她微笑。

“好，我也有一件中式小袍，待我取来配合你穿上。”我转身欲回家换装。

“我是我你是你，OK？你匡威鞋配牛仔裤再好不过，背好你的双肩背包，刘助理。”她鄙视地瞪了我一眼。

我们迟到了。下了滴滴后，我着急忙慌地快步走向咖啡厅。

“慢。”师傅说。

我停下脚步。

“判断一下哪一桌是他们。”师傅命令道。

“他们刚才说坐在右边，右边现在一共三桌，只有那一桌最符合。一个女人很俗艳，一个男人戴鸭舌帽，还有个男人戴着墨镜，两个男的对着电脑很夸张地比画，那个女的在一边玩手机。”

“好，我们从他们后面绕过去。”师傅同意我的意见。

我一头雾水跟她走到了咖啡厅的另一个门。

“活儿能否磕下，在你和片方对视的第一眼就决定了。气势不能输。如果你从正门走，他们就会看着我们，如果走得急了，显得我们稚气，走得慢了，是故意耍大牌。我们绕到后面去，然后姗姗来迟，才是正解。”师傅在我后面说道。

“我来迟了！大家久等了。”师傅高八度但是轻柔地说道，以一种几乎是翩然而至的姿态出现在这三个人面前，整个步调语气都是淡定脱俗的。

“您好您好！”片方果然露出眼前一亮的神色。

我识相地拖了把椅子坐到一边，打开笔记本做起了记录。

聊了什么，我不记得了，只记得回去马上就开工了。

开工之后就恢复到师傅断供前的正常状态，她写戏，我给她洗樱桃，给她扇扇子。

“你一天写十二小时睡十二小时，请问没我的时候你吃什么？”我边扇边质问。

“没你的时候我写不到十二小时。”她头也不抬，指尖飞快。

“我的意思是你能分我一点儿任务写吗？我是你的学徒，且把你伺候得服服帖帖，你就这么心安理得地把我当保姆吗？”我扇得更猛了，希望她能感到我的饥渴。

“拜托，编剧界最有用的知识我昨天已经教你大半，如果你懂举一反三基本上现在已经可以出去混了。”她不疾不徐拈起一枚樱桃放到口中，然后继续敲键盘。

“你昨天教的不过是些皮毛，皮外功夫，相当于黄蓉教杨过打狗棍只传外功不传心法，我还是学不会打狗棍。”

“此言差矣。编剧不需要心法，那些挂着金牌一线编剧的作品其实都出自比你还不如的小学生之手，人体码字机而已。”师傅的神色有些凝重。

“你哄我，人体码字机这么简单你能够几十万几十万地赚？那些打字员为什么不来打剧本？”我不相信。

“一来他们没有我昨天教你的外功。二来，这行水深，你过两天就知道了。”师傅说。

我很是好奇。趁她白天睡觉时，我打开了她的文档，想偷师。然后失望地发现，她写的故事大纲确实也没什么了不起的，没什么我想不到的情节，感觉我完全能写。

一周后师傅拉出了整部电视剧的故事梗概，对方认可后就要签合同付订金了。

我提醒她赶快交稿，因为跟对方约定的就是一周之内出梗概，现在已经整整七天了。

“急什么？”她又瞪我。

我愣了一下。

“所有影视教材里面都有这样一个例子，好莱坞明星听到电话一定要响够三声才能接，否则显得很闲的样子，别人就不会开高价。编剧同理，他叫我一周交我就一周交，难道我除了这个戏手上就没别的活儿了吗？”师傅说。

“可是你的确没有别的活儿啊……”我嘟囔着，但也觉得她说得有道理，“好吧，原来编剧界拖稿成风是这样来的。”

我们足足在工作室里面又看了两周美剧，当制片方第四个催稿电话打来的时候，师傅才在一天后把梗概发了过去：“张总，这个设定真的很难写，一个仙侠片，如果不能转世轮回那还有什么感人的？可是如果写了转世轮回，又不过审。我用了好长时间调整这个设定，终于让这个故事既能唯美感人虐心，又规避了所有审查问题。我相信这部戏是市面上独一无二的精品，我们一定要尽最大的努力开拍。我们要做就做精品，对不对？”

师傅放下电话后，我开启了疯狂吐槽模式：“精品？趁你不在我偷看了整个大纲，太平淡了，十个仙侠文八个都是你这种设定好吗？”

师傅不疾不徐地挡了回去：“首先，跟我打电话的这位总制片人，他一篇仙侠文也没看过。关于整个剧，他只知道唯美、虐，这两个名词。其次，我的大纲，他也仍然不会看，而是他手下那个策划小弟看。这两天我给小弟寄了三盒补品，小弟只会说 OK。”

“所以中国影视剧都是由小弟在把控走向是吗？”

“没错。我记得你是想拯救中国影视剧行业，那么你应该到制作公司当策划小妹，做编剧算是走错路了。”

“我……我还是再感受感受吧。”我无力地回答道。

一切如同师傅预料的，合同和订金下来了。

不过师傅一点儿也不高兴。

几天后我知道师傅为什么收到巨额订金后根本没有笑容了。她这些天的生活是暗无天日的。打款后的制片方一下子从一口一个老师的状态，变成了恶狠狠的周扒皮。

我亲自比对过师傅其后修改的十七稿大纲，其中第三、第十一和第十七稿几乎是完全一样的。在第十八稿通过稿阶段，制片方的思路又回到了第一稿。

“林老师，你看，在我的帮助下你的故事是不是上升了一个层次？

我们不是做普通的电视剧，我们是要一炮打响，得飞天奖！”制片人在电话那头得意地宣告。

“张总啊，不好意思，您最后选用的这一版和我交给您的第一稿相差无几呢。”师傅脸有愠色声音却不变。

“怎么能是相差无几呢，外行看热闹，内行看门道。相差一字，谬之千里呀。”制片方穷尽了自己知道的一切成语俗语向师傅证明自己的功不可没。

“您说的很对，那这稿大纲就算是通过了。您打算什么时候付款呢？”师傅问。

“哎呀林老师，您看您这个大纲，基本上都是我帮你写的，我至少贡献了百分之八十。这样，我也不跟你争署名了，大纲我先给您一半的钱，以后您写分集的时候，如果不让我这么费心，我就全付。”对方说。

我看到师傅的脸发着荧荧的绿光，眼露一股杀气，指尖的键盘被她死死压住，屏幕上弹出一大串的字母。

“不好意思张总，麻烦您打开邮箱，看到我给您两个月前发的第一稿，再对照一下您帮我写的第十八稿。看到了吗？不好意思，这两稿连一个标点符号都不差的。”师傅咬牙切齿地说。

对方一时语塞。

“张总，我还有事不多说了。麻烦您按照合同，在三个工作日内把大纲的钱打到我账户，否则我没法进行下一步的。”

师傅按掉了电话。

我马上哀号道：“师傅哇，您这是何苦，马上就有钱了呀，就算他们只付一半钱那也不少了，你这样强硬，万一他不和你合作了呢，你这十八稿不是打水漂了吗？要是再来个八个月没活儿怎么办，你真要回去嫁人？”

师傅恨恨地说：“我交十八稿的时候，故意一个标点都不改，就是防他这一手，没想到他竟然真来这套。我一个子儿都不让，就算合约结束，我也认了。但是你放心，不会的。你别听他这么说，他其实对我的工作非常满意。只是在试探我，如果我同意了，后面我就更加被动。现在他除了我找不到别人。三天之内等着全款吧。”

在我们又一次打开电脑追美剧的时候，师傅又来活儿了。

这是个急活儿，十五天，去外地驻组，边拍边写。

师傅立马收拾起行李。

“师傅，怎么这次不慎重了？一打电话就走，还是去外地，这样多不矜持。”我近来学乖了，提醒道。

“天哪，这可是急活儿，已经开机了，是最幸福的活儿了好吗！不用来回来去改的好吗！杀青就直接拿钱的好吗！”

我在她的咆哮声中麻溜地收拾行李。这将是我此生第二次跟剧组，而我的身份已不同了，从小小生活制片变成了编剧助理，想想还是有些小激动呢！

“林老师，这回带助理啦？要再开一间房吗？”对方制片问道。

“不用了，我俩一间屋子就行。”师傅随和地说道。

她洗了把脸就杀向了讨论室。

这次在剧组我比上次离编剧梦近了很多，至少可以去和演员对对台词，帮他们调整一下对白，等等。

师傅还是那么拼，整个组收工之后导演约我们聊第二天的戏，好几次我都昏睡过去。

回到房间，我死猪一样倒了，师傅却还在写。

对了，果不其然，三天之内，拍仙侠剧的张总把大纲的钱如数打过来了。张总催着我们快写分集大纲，师傅说，你放心，下周给你全部分集。

眼看着过了半个月，师傅并没有写张总的活儿，只是用各种理由搪塞。对这个剧组的活儿，她倒是卖力，简直不像她。

我问她怎么像打了鸡血，她说跟组编剧其实就是导演的代言人，导演说啥写啥，手快有，手慢无。手慢了，导演的主意就又变了。

到了杀青日，剧组为了避税，发的是现款。师傅的款项比哪个部门的都多，主任看到我们，试探着说，你们俩姑娘拿这么多现金不安全，要不你们先拿这些，剩下的我们打卡上。

师傅说："没事儿，上个戏我拿走的现金比这还多几摞。有劳您费心。"

回到房间我们就脱下长丝袜，把钱装进去，一人肚子缠一圈。

编剧真的是文人？我边绕边吐槽。

"那可就过了这村没这店，你让他打卡，他跟你说你放心。等回了北京再问就要哭说拍戏欠了多少钱，等回了款再付。再问告诉你片子赔了，等下次再合作，你认为还有下次吗？"

“也许有？”我问。

“没有，下次当然再换个人坑。”师傅说。

大家一起颠簸到了城里，自行到了火车站，一切顺利。

回到北京师傅丢给我一摞钱，也没数。我掂了掂，也没数，什么时候花完算完。

过了不多时我才正式开始执笔练手，我自以为中国编剧都是傻×，自己一定能写出惊世大作，一炮而红，殊不知出来的东西完全是一坨排泄物。

“你连枪手都不够格。”师傅说，“你这些排泄物上我都无法插上自己的名字。”

我无地自容，埋头苦写，师傅已经完全把张总的片子交给了我，自己开写另外一个婆媳剧了。

“有师傅真好。”她自言自语，“如果当时有人带我就好了。”

“不过师傅，这婆媳剧你是怎么磕下来的？”师傅每次都带我出去磕活儿，这次不声不响接的，煞是奇怪。

“这是老客户。”师傅说。

婆媳剧写到一半去见片方，师傅穿了自己日常的衣服，但精心画了个元气妆。

三句话我就知道师傅和眼前的男的有一腿。

“想不到你这个助理还挺得力，我就放心了。”片方说。

“还不是靠李总关照，不然我哪能请得起助理。”师傅应对得宜。

暧昧的空气在两人之间流动，识相的我一直在找机会告退，给他们自由的空间，但是他们总不问对方，导致话题总在我身上打转。

看得出来李总有家室，孩子在上小学，但是他们彼此是真心的。

我忽然领悟到，这个李总，就是当年那个把师傅从一个三流言情小说家带到编剧路上的恩公。

师傅曾说，做编剧得趁年轻。你七弯八绕走到这一行已经是奔三的老女人了。手里不过十年青春，过后就没了。

“什么？不是说编剧越有经验越值钱的吗？怎么倒跟做小姐一样，吃青春饭？”我大惑不解。

“你说对了，任何行业都是青春饭。现在电影学院刚上大一的孩子都在外接戏，别人跟你一边大的时候已是十年资深编剧了。等你过了四十，如果不红，别人就嫌你老了。到时候资方会问，四十多岁的能了解年轻人爱看什么吗？我们要年轻力量！四十是道坎儿。”

我焦虑，却也无解。手上的剧本写得还是一坨排泄物，基本上每一稿交上去除了人名连半句话都不会被师傅留下。

这个婆媳剧时时会一起讨论，一来二去，有时候李总会直接对接我。

这天晚上他突然发微信问我：“这个戏需要年轻编剧，你师傅的套路太老了，你有没有兴趣自己单独把戏接下来，你可以签约我的公司，保证你红。”

随后他自己感慨了一句：“十年前，她也是你这般年纪。”

我瞥了眼，师傅还在对着电脑辛勤耕耘。

我回复说：“不可以。”

他问我是否签了卖身契给师傅。

我说从来没有。

师傅从来都跟我说，做编剧第一位是了解人性。所谓人性，不是光辉的那一面，而是丑陋的那一面。不能正视人性就无法写出好作品。

因此依据人性，我应该接受李总的条件。

但是，我发现自己好像真的没什么人性。

下一次开会时，李总说他决定给我加名。

“加什么名？”我一头雾水。

师傅说，李总同意了作品加我名。加了名字，意味着以后就可以自立门户。

但我想说，我们不是都要被踢走了吗。这项目要黄了。

李总见我一头雾水，笑了：“傻孩子，你师傅那天跟我拍了半天桌子，要给你署上编剧的名，我说不行，不能对这种来路不明的孩子太好，她们不知感恩的。于是那天我试探了你，没想到你师傅没看错人。”

——What，试探？我有些不悦。

——同时，这世上好人竟能有好报？我简直不认识这个世界了。

师傅和我的婆媳剧上映了，师傅放心地把摊子交给我，回去继续写言情，因为现在 IP（intellectual property）热，小说比剧本值钱。她的 IP

还没卖出去，不过书的销路好像还不错。

我呢，不再幻想自己有朝一日扬名立万，只求这一夜猛砸键盘可以换来一夕温饱。请叫我键盘侠。

我没从师傅身上学到什么。

“嘀嘀嘀嘀嘀，嘀嘀嘀嘀嘀嘀——”闹钟铃声把我吵醒。

我叫刘土呆，一个卖不出去剧本的小编剧。

这一觉，我睡了整整二十小时。

“师傅，等等我，别走——”我喊道，泪水打湿了枕巾。

02.

该死的版权交易经理 I

我是一家公司的一名小职员。如今我的职业有一个高大上的名称，叫“IP 买手”，而在过去，这份职业叫版权交易经理。

众所周知，“交易经理”这个名称的前面可以有各种各样的前缀，比如“股票交易经理”“期货交易经理”等，这些加上了前缀的名字都显得那么地品味爆表。

而我，只是一名版权交易经理。

别人打交道的是钱，我打交道的是纸。

自某名牌大学中文系毕业后，我经历了一段时间的迷茫。与其他专业的同学倾向于找对口专业不同，我们这个业已没落的专业的学生在毕业时都希望离那些和文字沾边的工作远远的，而更青睐一些与财富和权力更近的行业。

颜值尚可的女同学最喜欢进的是时尚杂志社，当一名女编辑，从此离 LV 和阿玛尼很近，与杜甫李清照渐行渐远。这样的话，她们有很大机会嫁给采访对象，也就是那些登在杂志封面的成功人士。好几个师姐就这样成功了，当起了吃喝不愁的全职小主妇。

另有一些选择了做老师，虽然只是教高中语文，但是留户口且解决孩子上学问题听起来还是很诱惑的。还有一些进了出版社。然后其他人就零零散散地分布在了各行各业，比如我。

我的任务是帮助影视公司购买适合影视改编的作品版权。而拜我的同学们所赐，我在出版界资源丰富，于是老板对我格外倚重。

我们的公司不大，但这种被器重的感觉还不错，虽然这点儿基本工资加提成的收入暂时还无法让我有一个女朋友。

在我业务的起步阶段，老板一心想做大作品，至少也是《鬼吹蜡》《盗坟笔记》那种级别的。于是乎，我一个小小部门一年的预算竟然高达上千万。我参与运作的都是“终点大神”“远江红人”之类的神级作品。大家在高级会所推杯换盏之间相谈甚欢，往来都是几百万的大生意。

那年年初，在老板“买买买”的指令下，我刚收了两个小说，就把年度预算花得只剩下一个零头。老板允诺我马上追加预算，我也盘算着给自己放个年假。可就在我等着追加预算的时候，风向突变，国内五大电影公司突然给版权起了一个英文名，叫作 IP，把概念炒火之后，开始联手围剿 IP 市场，版权价格水涨船高，我们不论怎么追，也没希望了。

如果说影视作品是庄稼的话，IP 就是地。过去，地广人稀收成少，现在庄稼太多了，把地都抽干了。我们只能看着寡头们砸钱抢地。

不要问我为什么他们要自己把市场价炒高然后自己接盘。他们由此带来的市值膨胀远甚于购买 IP 花出去的巨额费用。而苦了的却是我们这些靠情怀起家的中产阶级。

To be or not to be，关门歇业还是留下来死扛，这是个问题。虽然我们老板既不是福布斯也不是五百强，压根上不了我们班女同学的杂志封面，但是也早已实现了财务自由，在五年前决定专心地把后半生献给挚爱的电影。

这点儿小风波难不倒他。老板对我们说。版权，啊不，IP 预算不追了，追也追不赢，就用手头剩下的几万块，打出一片天。

我也只能相信他。否则公司倒闭，我还要重新找工作，重新换房子，重新撩别的地方的前台妹子。

综合比较，我司的前台妹子是最漂亮的。而我们正打得火热。

为了把燃烧整个前半生的电影梦维持下去，我老板剑走偏锋，看上了一些古怪的东西。

一天我走进办公室，看到桌上放着一摞打印好的豆酱日志，篇幅很长，上面还用记号笔标了各种重点。

我一看标题：《一对 X 大风云情侣的分手日记》。

这名字，狗血得不行。不过我就毕业于X大，里面这对风云情侣我刚好还听说过，也就饶有兴味地看了下来。

这一对的故事无非是，男生一开始很幼稚，结果被一个比较早熟的女生看上并倒追了。一开始他不情不愿地跟姑娘在一起，后来在女生的调教下上道了，两人在学校互相支持对方，得到各种荣誉，诸如学生会主席、年度奖学金、保研名额等，总之大家稀罕的那些都是这俩人得了。最终男生成功保研，女生找了个体面工作。

男生开始庆幸自己身边有这样一个她，使自己赢在了人生的起跑线。纵观身边其他的懵懂少年，此时都没他幸福。而就在光明的生活徐徐展开的时候，女生突然劈腿了。劈腿对象是她的公司上司，一个大她几岁的小主管。女生被发现后直接对男生说，这些年总是我教你，一次次原谅你的无知，真的很累，我现在知道我要的是什么了，分手吧。

男生被背叛，起先非常愤怒，找女生闹腾了很久，却无果。最后他想通了，当前女友从家里的衣柜拿走最后一件衣服时，他开始为这段感情写了一篇几万字的忏悔书，就是我眼前这个分手日记，在里面忏悔了自己有多么幼稚，导致感情的终结。最后，他祝福这个女生幸福，也祝自己能再次遇到爱。

这真是一篇泣血之作呀。这一对风云情侣在校园广场拉票的海报还历历在目，想不到却已经败给了现实。

“我靠，”我心里吐槽道，“这同学有没有点儿男人味儿！这女人明明就是世俗得不行，在X大想瞄上个潜力股慢慢培养，踏入社会之后发现X大有什么用，决定她生活品质的一是家世，二是资历。而显然她男友不是‘富二代’，又不愿意等到他有资历，于是乎，她选择了能马上给她小康生活的人。”

“这种女人，根本是人渣，而这男的却写了几万字反省人生，真是菜吃多了塞牙，书读多了塞脑。”

心里正在吐槽，老板激动地过来了。

“呆哥，你看看，这个故事怎么样？”

“这不是故事，是真事呀，这里面的人名是真的，就是我那一届X大的风云人物。”我拿不准老板的意思。

“我不管真事还是小说，你就说故事精彩不精彩？！”

“精彩……吧，我也不知道出于什么竟然把这又臭又长的东西看完了。”

“这篇帖子，文学上自然入不了你的法眼，但是在豆酱上有几百万转发量。怎么样，问问你这同学，版权卖不卖？！”

“啥？！这也能卖？”

“那怎么了，这是不是知识产权，知识产权就是IP。他不是你们X大的学生会主席吗，问问你认识的在学生会工作过的同学，打听打听，卖不卖。”

“好吧。”我的心在滴血……问这位哥们儿版权卖不卖，不是往这哥们儿伤口上撒盐吗？这好比一个人戴了好大的绿帽子，我视而不见也就罢了，然而竟要过去问他，你这绿帽子的样式真好，专利多少钱，我买了，再生产一百万顶!

这种找抽的事情我真要去干？

思想斗争了一整晚，我决定去打听这位同学的联系方式。没有办法，这是我的饭碗。当初，因为是X大毕业的，我找老板多要了每月八百元工资，此刻如果我说联系不到这绿帽子男，搞不好他们要怀疑我学历造假。

几经辗转，我真的约到了这位同学。我不知如何开口，只得以“介绍兼职”为由，约了他见面。这是个阳光的男孩，一见面我们就相谈甚欢，两个人都积极地表示这顿饭我请我请，气氛一片歌舞升平。

我特意要了两杯酒，以期在酒精的作用下将话题自然地过渡到情感上。

“哥们儿，苦了你了。”我借着酒意说。

他一直以为我是找他做数据的，听到此处不禁愣了一下。

听我完整地表明来意后，他的脸一点点地涨红了。

他一言不发地当着我的面吃完了一大盘炒饭，最后用餐巾纸擦了擦嘴，愤恨地说了句：“这顿饭，你请。别再找我了。”

我不敢抬头看他的背影，默默干了面前的酒，结了账。

任务失败，我没开发票。

老板听了我的描述之后，表示理解，并复杂地一笑，就放过了我。

过了两天，有人受这个事件的启发，向老板推荐了一篇博客，老板很喜欢。我一看，又是个真人秀。而且，又是X大同学写的。我想知道X大的人除了学习成绩好之外，难道都那么命途多舛吗？

这回是一个医学部的姑娘写的。

这篇博客写的是，原本她的出生是很没有意义的，是因为哥哥得了不治之症活不长，父母才生了她。她很讨厌全家人围着哥哥转的日子。可是，哥哥对她非常好，不论她再怎么任性，哥哥都很爱她。她很清楚有生之年自己和哥哥是要分开的，然而渐渐不可避免地又和哥哥的感情变得很深。哥哥死了之后，她痛定思痛，选择了学医。

整个公司看完这篇博客都唏嘘了，包括我。

老板拍拍我的肩："怎么样，拿下来？"

我呆住了。这个姑娘，好像比绿帽同学更加悲伤一些，因为爱情没了，还可以再找，哥哥没了，就再也没有了。

而我却又知道，我是IP买手，市面上数得出来名字的IP，现在都被五大电影公司买光了。剩下的文本，价钱水涨船高，我们根本买不起。

剑走偏锋是唯一的生路。

我一遍遍地给自己做心理建设，一遍遍地。

我想这个故事让更多人知道，也是对这位哥哥的一种永久的纪念吧？

我给这姑娘发了私信。

这次我吸取上次的教训，没有找别的借口，而是直接而委婉地问她是否愿意把这个故事拍成电影（我还是没法说出你这个日志版权多少钱这句话）。

没想到姑娘挺愿意。她说她希望更多的人认识她的哥哥。

当场我们就约了时间来公司谈。

来到公司的是个戴眼镜的小萝莉，满脸的青春美丽痘，说话有些冲。

她表示愿意将这个故事拍成电影。

老板非常高兴，陪她天马行空地聊了一会儿情节，哄得小姑娘又哭又笑的，就问什么时候签约，费用怎么打算。

小姑娘突然擦干眼泪，很兴奋地跳起来问："所以你们决定了让我当主演吗？"

我们所有人都愣在当场。

我："……我们是说购买这个故事版权。"

这回轮到小姑娘愣了："不是让我主演吗？我就是故事里的妹妹呀！我一直的愿望就是可以上一回银幕。"

老板一脸黑线地问我："你之前是怎么沟通的？"

我回想自己说的话，由于我想避开"购买"这个铜臭味儿的词汇，于是好像的确没有说我们到底要她做什么，结果小姑娘直接以为是让她演电影了。

小姑娘呆呆地看着我们，我以为她要哭了，正要安慰，结果，她突然开始大飙演技，一次性甩给我们十多个表情包。

什么"贱人就是矫情""本宫看你何时死""我代表月亮消灭你们""Captian,my captian""The winter is coming "，一切经典桥段被她声情并茂地演了个遍。

演完后，大家一起鼓掌，表示惊讶。

老板笑道："你怎么这么会演？"

姑娘说："因为我是个网红啊。我在大咖秀上有三千粉。之前有好几家影视公司找我当演员，我都没签。怎么样，我可以和你们签约了吗？"

老板只好尴尬地说："小姑娘，你演你自己这个想法是没什么问题，可是，你看，现在你哥哥这个角色肯定没法由他自己出演吧？而你这个角色，也得找一个和男主演比较像的女生来演。"

小姑娘的脸色一下子惨白。

她泪眼婆娑："你们不是强人所难吗……我哥哥倒是想和我一起演，可是他怎么来和我一起演？"

所有人石化了，赶快安慰她不是这个意思。

我赶紧解释："姑娘，我们一开始看上的就是你的文笔，想用你的故事拍成电影，至于导演、演员，我们还要找专业的人。"

小姑娘脸黑了下来："不让我演我，我也会不让别人演我。"

说完这句话她拎包就走了。

一切任性的表现倒真的和帖子里面写的一模一样。

可惜给她擦屁股的哥哥不在了。

又有一天，在我偶像的《聂隐娘》上映期间，老板拿来了一篇考据帖。上面考据了聂隐娘各个方面，从而复原了整个历史故事。这完全是一篇学术文章，他却要我去跟人家谈版权，五千元拿下。

“老板，这是篇史学论文哪！论文可怎么买版权哪，怎么改编哪！”

“一样改呀，你看这个故事多完整，比好多电影大纲都强，只不过语言不是很有画面感，这个我们自己再丰富不就行了吗？干大事的人，头脑要灵活。”老板教育我。

我厚着脸皮在知网上勾搭了这位作者，是个在日本留学的女博士。她听说了我的来意非常震惊。

“原谅我完全不懂影视，可这是我自娱自乐时，按照学术规范写的一篇帖子，里面没有任何虚构情节，怎么能够拍成电影？”她问我。

“嗯，怎么说呢，我们不是把这篇文章改成电影，而是选取你的某个思路发展成剧本，或者是选取你的这个‘聂隐娘索隐’的名字改成电影，总之，怎么改编还不确定，但是你这个 IP 卖给我们之后，我们就有能力在这个基础上丰富成电影。”

她消化了一下我的想法，在心中推演了一下，觉得可行。

“好吧，能够有可能改编成电影非常荣幸，我给你们授权吧。”她说。

“且慢，难道你不问问多少钱吗？”我十分汗颜地不想说出这个数字。

“授权还有钱？”果然是书读多了塞脑，女博士问出了这样一句石破天惊的话。

“当然，我们都是要付版权费的，而且比你的稿费要高不少。”我看到她这么天真，不禁有了底气。

“那你们打算多少钱买我的 IP 呢？”她俏皮地发了个鬼脸。

“五千元。”虽然隔着屏幕，但我感觉自己涨红了脸。

“嗯，这个数字……我感觉有点儿不好。算了吧，你们不用给钱了，我给你们授权好了。”她说。

“呃，是嫌太少吗？”我很诧异。

“不是呀，我这个作品感觉离电影还差太远，如果卖这么多钱太惭愧了呢。不如不收费吧，就当为艺术做一份贡献了。”

……

我……实在下不去手了。

“姑娘，这个 IP 你留着吧，我们还是不要这个授权了。你的故事非常完整，如果再有影视公司来谈，低于四万不要卖，实在缺钱，要个两万。”

随后我删了她的微信。

愿她在东洋过得好。

这一年快过完了，预算还有几万零头，我却没有买到一个合适的故事。这天我上了一个衰步司机的车。

他是第一天干，话特别密。

我已经摸出规律，一般来讲刚干衰步的人都是小生意刚倒闭的。

果不其然，他上来就问我一月工资多少。

面对这种人，我一般反问，你一月多少？

他理解不到我的意思，接着问：“你一月工资有一万块吧？”我一脸冷漠地回答：“有。”（你让一个男人承认自己一月工资没有一万，等于找死。）

他叹了口气：“有一万也好哇，我一个月累死累活也就挣一万，生意也都赔了。”

我：“你之前做什么生意的？”

他：“做颗粒的，卖给塑料厂，小作坊，有四五个人。去年一年把前两年挣的都赔了。”

我小心地问：“那你老婆呢，有稳定工资吗？”（我这人报复心是很重的。）

他说：“你想听真话听假话？”

我：“啊？”

他：“我离婚了。我们换个话题吧。”

我：“哦，好。”

随后他就刹不住车了，把他和他老婆怎么爱情长跑在一起，又怎么发现老婆出轨，怎么挽留，怎么破产，怎么被老婆甩的事情原原本本讲了一遍。

关键是，又是个劈腿的故事，怎么这么质朴感人呢！

年关将至，我的年终奖还没有着落，希望就在此刻。

我：“兄弟，生意倒闭了，想不想赚点儿钱？”

他问怎么赚。

我说：“把你刚才说的那个故事卖给我，我拍成电影。”

他一下子刹车，把我放路边：“你下去。”

他大声怒斥：“我把你当朋友，跟你说点儿掏心窝子的话，你把哥们儿当什么了？你下去！这司机我不干了！你随便给差评！”

我灰溜溜地下车。此处前不着村后不着店，走回去，太远，站着，作死。

明天是年会了。

雪花飘飘，奖金遥遥无期。

明年我还是转行的好。

我要去房地产、奢侈品、金融业，一切银钱充足的地方，做一名品牌公关，用我 X 大中文系的文笔，让自己过上衣食无忧的日子。

就这么决定了。

03.

该死的版权交易经理 2

时光荏苒，我又换了一家公司当版权交易经理。这家公司银财充足，又急需充实自家的 IP 库，我总算可以正经找回我的营生，不必到处寻找网络热帖。

今年我的薪水数目也终于不用被衰步司机们拿来找自尊了。

然而事与愿违，当我向领导推荐了几部自认为很不错的作品后，他就来找我恳谈了。

对了，这家公司比较大，在这儿我没资格直接跟老板提案，而是要先将提案汇报给我的领导。

第一天入职，领导笑眯眯地问我过去购买过哪些有影响力的 IP。

这些面试时都早已对他说过一遍了，这时候又问，我不知道他什么用意，但还是颇为自信地介绍了自己过去的几笔有名的交易，比如与《鬼吹蜡》和《盗坟笔记》齐名的一些作品等等，又介绍了我职场后期光荣而艰巨的互联网热帖发掘事业，企图让他知道我是既专业又能接受新思维的人才。

领导微笑地听我说了半天，最后脸一耷拉。

我知道他要训话了。

领导语重心长地向我指出："你做的这些 IP 都太传统了，思维都是老一套的。你购买的都是属于单次元、一次元时代的作品。在我们这个互联网公司，需要的是新的、二次元的东西。"

我整个人有些发蒙："我买的与《盗坟笔记》《鬼吹蜡》齐名的作品不都是互联网小说吗，怎么还不符合互联网公司的调性了？还有，我推荐的故事怎么说也属于我们人类三次元的呀，怎么被'降维'成了单次元？！"

我虚心地向领导请教。

领导包容地笑了笑，对我谆谆善诱："我们都知道二次元指的是平面图像，也就是动漫世界。那相应地，一次元指的是什么？"

我条件反射地说："点和线？"

领导点点头："几何知识没忘。你看，我们现实生活是立体的，称为三次元，而动漫的世界是建立在平面上的，所以是二次元，那么你推荐的小说呢？"

我说："三次元哪，讲的是源于生活高于生活的事儿。"

领导：“你怎么就不明白呢。小说的构成是文字，文字低于画面。文字是由点和线构成的，也就是一维的。而现在是一个读图的时代，因此，文字已经落伍了。这个时代可以称之为三次元的产品，不说 VR 吧，怎么也得是 AR 才能说得上是三次元。”

什么？！

文字形式的 IP 已经被否定了？！

要知道我所理解的大部分 IP 就是故事，而故事的大部分形态都是文字。现在一下子否定了文字，那我该如何购买故事进行影视开发？

“虽然这个世界现在是你们 80 后的，但终将是 90 后、95 后、00 后的。加油。”领导掷地有声地对我说了如上的话。

我捂着碎了的心，开始寻找“二次元”的 IP。

也许是上天的眷顾，我很快发现了一家由玩家自制游戏的游戏网站。上面的游戏基本上都是对话推动的，非常有剧情性，但是产品的形态又是动漫式的，妥妥的二次元。

我为自己的机智和运气感到赞叹不已。

然而不够理想的是，这里面的玩家都爱好古风，里面的游戏都是什么“红颜”啦，“洪荒”啦，这些字眼一看就太沉重。直到我发现了一个名字——《师父的毛线球》。

又是古风又是毛茸茸的，非常有二次元的质感。

点进去后，游戏果然没有让我失望，是讲一只龙猫穿越到了一个小女孩身上，跟着师父修仙的故事。这个龙猫，就叫“毛线球”。她修仙的过程中依然具有龙猫身上的一切习性，比如，爱吃牛肉干，喜欢打滚，嘴里总要嚼着东西，等等，简直是萌萌哒呀！

看了那么多男穿女、女穿男、古代穿现代、现代穿古代的故事，还真没看到过龙猫穿越成人的呢，我当即将这个 IP 整理了一份翔实的资料报告，连夜推荐给领导。

手机马上震动了，领导迅速在微信上回了我两个字。

“呵呵。”

这个“呵呵”是什么意思呢，我揣摩了半天，有点儿心虚。

难道，他“呵呵”的意思是说我“名校毕业原来就这水平”？

我愤怒、焦躁、失落得辗转难眠。

第二天早会之后，我第一时间请领导指教对于《师父的毛线球》的看法。领导看我这么认真，也就实话实说，告诉我我对二次元的理解还有些浅表化，并将一个姑娘领到我面前，告诉我，她对二次元的理解很深邃。她叫薇安，从法国来的，可以跟她多聊聊，感受一下二次元思维。

于是在休息室，我虚心地和薇安攀谈起来。

薇安的假睫毛像扇子一样扇动着。

须得知道，这家公司有几位姑娘每天穿着洛丽塔式的蓬蓬裙上班，我每每在食堂看到时还以为自己进了女仆餐厅。她们讲话都是用港台腔，再加上很多动漫人物的手势和表情。

眼前这个薇安就是其中之一。

我问她，穿成 cosplay 一样来上班，是不是因为很爱二次元。

她尴尬地一笑，然后非常严肃地告诉我，她的确很爱二次元，但并不是因为爱二次元才穿成这样。这其实是十八世纪巴洛克时代法国贵族的服装，她喜欢的只是十八世纪而已。

我故意问她："所以，巴洛克风格你很了解喽？"

她信誓旦旦地说："非常了解呀，我出生在荷兰，三岁就去了法国，一直待到十六岁，在日本念书后才回国工作了。法国对于我来说跟母国一样，中国对于我来说反而比较神秘疏离一点儿。"

我一个字也不信："那你中文说得这么像母语？"

她说："家里有一个台湾保姆，从小服侍人家了啦。"

我轻蔑一笑："你没在中国上过小学？"

她说："小学，没有哇，人家刚才讲说十六岁以前一直都在欧洲哇。"

我凝视着她的眼睛问："真没有？"

她说："没有哇。我是在法国上的小学，法国的贵族学校。"

不要怪我没给你机会，我心想。

"把袖子撸起来。"我严肃地说道。

"为什么？"她不解。

“撸起来。”我不客气地再次命令。

她一头雾水地把左胳膊的袖子撸了起来。

我指着她三角肌正中的那块疤问道：“法国还注射这玩意儿？”

她脸色尴尬地看着我。

我得意地笑笑。曾经有个海外留学多年的朋友传授过我一招，遇到装 ABC、BBC 的不要怕，让他把袖子撸起来。只要左胳膊有疤，就别想装什么 C。因为全世界，只有咱中国，给小学生注射这种疫苗。

我也撸起左胳膊，回敬她道：“我和你经历相似只不过路径恰恰相反，小时候在日本念的学习院，英国念的伊顿公学，美国入的骷髅会，前年随仁波切上师皈依，回到中国，只为世人度尽一切劫难。”

薇安有点儿想走。

哪知道我领导恰好路过，听到后，大为激动：“呆哥，太好了，想不到你三十好几的人了，还这么杰克苏，这么二次元！我们公司需要的就是你这样的人才！我就说你跟薇安聊过之后整个人都会不一样！”

薇安马上附和道：“对呀，二次元的世界看似荒唐却很纯粹，活在二次元世界里的人追求的其实是真善美。”

领导：“说得太好了，那种单纯的世界，反映的是一种对正义战胜邪恶的渴望。”

我好像忽然悟了。在这个公司混，活在幻想世界就好了嘛。

又有何难？

我为了升职加薪，早日找到老婆，只好顺应公司的潮流，将杰克苏进行到底了。

只不过我一个普通男子，穿晚礼服或是拿武士刀上班实在不好意思，扮蜘蛛侠好像也有点儿难为情。

于是我每天学一两句法语、一两句粤语、一两句日语、一两句伦敦音，在开会的时候交替使用。使用之后还贴心地替大家翻译成带着我家乡口音的中文。但一般这时候大家都早已陶醉成我的迷妹了，根本顾不上发现我大舌音的错误。

从这个阶段开始，我的提案也纷纷通过了，各式各样的动画、四格漫画、条漫、H5 游戏、页游都被我收入囊中。

很快老板就注意到我的才华，让我和领导一起与他坐在一桌开会了。

这家公司的老板很年轻，但一看就是一个资深的二次元人。他戴着一副黑框眼镜，凌乱的头发使他像一个中学生，每天背着巨大黑色双肩包，跑起来带风地穿梭于各个会议室，头发整个向后飘起来，整个空间回响着他 piapia 的跑步声，显得闯劲儿十足。他本人便非常提倡这种“中二（中学二年级）精神”。

他口才极好，滔滔不绝。只要一开会，大家第一次看表时就会发现已经夜里十点了。感到困倦的时候往往已经十二点半了。发现自己其实晚饭还没吃的时候就已经凌晨了，这时他会继续开到第二天天亮，于是他得到了一个雅号，叫“天明”。

有一天，已经不知道睡醒多少觉了，天明还在骂人，突然提高分贝把每个人骂醒了：不要以为我骂你们，你们点头我就高兴了！在我骂你们的时候，我多么希望你们有一个人站起来跟我拍着桌子说，你不对！我反对你的意见！这才是我最希望看到的。

我虽然反对他的意见，但我不会上当。我能坐在这桌上听他开会可全都是靠承认他说得都对换来的。这里每一个升职加薪的人都是靠承认他说得对并且听他训话到天明换来的。我不能中计。

我在这里听会，只是为了知道他喜欢什么样的人，以及什么样的人升职快。我马上就总结出，在这家公司升职较快的人都深谙中二之道，也就是尽可能地表现出天真任性那一面。

老板有一句骂人惯用语：“你不如还是（带着某某一起）从这里跳下去吧。”

而这句名言是只有少数被他重视的人才能够得到的待遇。大多数人并没有资格去跳楼。

每当这时候我都在思考，如果我听到这一句该怎么办，然而鲜少有人对老板的礼遇做出理想的回应范本。

只有一个升职如火箭的年轻人每次遇到这种挫折，都要摔本子、踢椅子，或是退出所有公司群，删除一切在公司存在的痕迹，告诉大家自己要去“山的那边看看”。少不更事的我曾经还私信祝他“一路风景好”，殊不知，这人每次都只是闹闹，没多久删除的痕迹又会自动回复，然后老板就更加离不开他。

由于他总说自己要去“山的那边”，我在心里给他赐了个雅号，叫“蓝精灵”。

见证了蓝精灵这一路升迁的经过后，我忽然顿悟了，决心搏一把。

在一次会议上，天明终于对我破口大骂，让我和我领导一起跳楼。此时，我抓住千载难逢的时机，拉开窗户，一屁股坐在了空调外机上。

当时已经又快天明了，所有人一下子惊醒，紧张地站起身来看着我，生怕错过了关键性的场面。

天明吼道：“谁也不许拦，让他跳下去！他自己承受不了是因为他脆弱、他无能！我们公司不需要这样的员工！”

我听了这话，“唰”地跳了回来，像超人一样站在他面前：“不！我不脆弱，不管你再怎么指责我，我都不会从这里跳下去！因为我要用我的努力证明自己是公司不可或缺的一员！”

说完我重重把手掌往身边一击，拍下来一个花瓶！

随着花瓶落地，天明“啪啪啪”地鼓起了掌。

大家也有样学样，跟着鼓起了掌。

天明赞许地说道：“年轻人，好样的，你跟我年轻时很像。我等着你来证明你自己！”

果不其然很快我走红全公司，成为“被老板逼得差点儿从二十二楼自杀但又悬崖勒马决定重新做人的拼命三郎”。

走到哪里都好像自带一股中二的力量。

我不仅升了职，还成了天明最器重的人才，薇安、蓝精灵之流的人再也不敢在我面前嘚瑟，领导对我的话现在也敬三分，轻易不敢反驳我的观点。

我这人有点儿记仇，一次会议的当场，我跟天明把过去领导瞧不上的一次元小说和《师父的毛线球》全都推荐了一遍，天明说了四个字：“我都买了。”

人生得意不过如此，然而对自己的怀疑，也与日俱增。

以前的朋友、老板见了我，总是很关切地看着我，问我是不是得了躁狂症。要知道我已经很注意收敛自己的手势和语气，也注意区分幻想和现实了，但他们还是屡屡提醒我，我从来没去过东京，也没有交往过女团艺人，更没有放弃家里的豪宅豪车来帝都打拼。

还有好几次相亲的过程中，我突如其来的大舌音和AV里面学的日语，以及动不动就拍桌子的辩论，导致姑娘直接就屏蔽了我的微信。

朋友好心帮我到医院挂了个号，说我一定是病了。

医生让我住院检查了两个礼拜，生理性的检查做了一轮，心理上的检查也做了，均没有发现异常。只是我每天跟医生讲的我的身世都不一样，感情经历也不尽相同。

最后医生的结论是不需要治病，只是吹牛成性而已。这要是孩子有这毛病，打几顿也就好了，大人得这毛病的多了去了，不需要治疗。

医生和朋友的好意我心领了，面对这样的诊断，我一笑风云过，没再争辩。

终于，公司根据我购买的IP研发的游戏《破晓》上线了。那天早上我一到公司，所有人都羞涩地看着我问：“三郎，可以跟你组队吗？我一直好仰慕你的。”

尽管我早已在公司走红多时，但这样集体的表白还是让我格外受用。走到哪里都有粉丝的感觉真是太好了。

我对每个人说，好的，好的。

每个人都拿出手机和我加微信，我简直陶醉了。

我觉得我的付出都是值得的。

午饭后，我的座位附近站满了人，举起手机迎接我。

还有好多妹子直接上来拽我，让我衣衫凌乱。

最后我被两个最壮的大老爷们儿押到了前台。

前台有一个大大的《破晓》的易拉宝，想必是他们为了要跟我合影准备的。

殊不知一位哥们儿大喊道：“小妹，我们集齐了仨角色！快给我们红包！”

前台妹子看了他俩的手机后，便要我登入一个页面，验明我的正身。

我突然觉得不对，问她：“他们这不是要跟我组队玩《破晓》吗？”

妹子乐了：“你不知道哇，公司为了推广《破晓》，给每个人的工号对应了一张角色卡。输入工号到这里就可以看到自己角色，集齐三个不同角色就可以每人换一个五十元的红包。”

我一边输入我的工号，一边还是有点儿蒙：“那么他们为什么都找我呢？”

妹子：“需要集齐三个不同角色很难，这三个角色分别是赏金猎人、战士和傀儡师。大家大部分都是赏金猎人和战士，刚才我们把每个人的工号都查了一遍，傀儡师特别少。”

我看了看押我来的两个男同事的角色卡，他们分别是赏金猎人和战士。

我又回头看了看追过来的其他人，他们一半人是赏金猎人，另一半人是战士。

而我，是公司唯一的那个傀儡师。

你妹的。

我随手抓了两个漂亮妹子组了队，一人换了五十的红包。

两个妹子与我在易拉宝面前拿着红包合影后，欢天喜地地走了。我拿起手机再一看，今天加我微信的同事基本上已经全都把我拉黑。

此时此刻，我正在酝酿着一封辞职信。

“自从我从故乡斯德哥尔摩将千万家产捐给慈善，来到中国以来，在公司的数千个日日夜夜，我无不以公司事业为己任。人人笑我太疯癫，然而……”

04.

我的数学家男友

情人节结束了，而我早已令别人使君有妇，这一点常常让我有些淡淡的恍惚。

长久的年月里我觉得自己根本嫁不出去。我实在是符合成为剩女的每一条标准：成绩优秀、喜好阅读、擅长某种乐器、工作体面、有一些理想主义、很宅。

为数不多的出门中遇见的男生总让人觉得哪里少了一点儿。我的身边也尽是一些不成器的闺密，比如某鱼，曾经特别热心地要给我介绍一位男士，罗列了对方一系列的闪光点：高学历、家世好、工作好、有思想，但在我还没表态的时候她就又用一个理由否定了这位“他”：不过他形而上的能力不是太强。

是的，我身边存在着大量这些刻薄的亲友。别人在为逼婚感到苦恼的时候，我苦恼于朋友和家人总为我屏蔽掉各种可能。

当然，我自己也知道，我的要求并不是多么苛刻，而是很不明确。我大概知道自己希望对方懂得金钱的重要但又有一些理想主义。我身在文艺圈，只得避开大部分的文艺青年，因为他们往往没有人生总体的规划。然而纯粹的工科生呢，敢不敢试试?

我曾经去探望我在某工科院校读书的闺密，想借此在广大理工男中寻觅一下潜在目标。恰逢饭点，她带我来到“万人食堂”二楼，此时她轻轻哼了一句：你看看这些人，连吃饭的姿势都是一样的。

我这才注意到，面前的桌子上坐的都是男生，他们的确在用一个姿势用餐。

——该怎么样在人海里面相中一个，It's a problem. 我们默默下楼，去了另一间食堂。这个食堂很小资，当然里面也就坐的都是成双成对的男女。

我的老师和朋友总结得很对，我这个人最致命的弱点就是懒。因为懒得慧眼识珠，所以活该被剩。

岁月荏苒，懒人有懒命。我这个懒宅女终于足不出户地 date 到了我的老公。他出现在我家客厅时很好看又清爽，而本科学的是数学，这让我感到非常安全。

我们第一次见面的时候聊了不少，不过我记忆最深刻的细节是，那天我的目光始终无法从他身上移开。

他穿着一件干净整洁的绿色 T-shirt，看似一件条纹衫，但条纹的组成并非直线，而是一组组的数字："79027496 34218639 5382173……"

我喜欢他。

因此我边聊天边强迫症般地盯着那组数字，很希望能够在我们相谈甚欢的时候画龙点睛般地说一句：

啊！你身上的衣服其实是质数排列呀！！

或者：

啊！你衣服上的数字其实是等差数列呀！

又或者：

啊！你身上的数字其实是（A+B）的乘方再开三次根号的微分的积分哪！

假如我能够在第一次谈话中说出这番奥秘，岂不是能让他一下子对我刮目相看，印象深刻？

可是没有，随着那场谈话的结束，我也没有找到他整个上半身数字的规律，更不好意思询问，只得悻悻地和他告别。

幸运的是数学家同学还是约我了。我们开始了你约我我约你的暧昧。

约会过程中我发现，他对数字的确非常敏感。

比如在谈人生理想环节。

彼时我还很天真，告诉他我正从事着我梦寐以求的职业，尽管现在工资不高，但很快乐（此刻想骂自己大傻 × 一万次）。

说完我问他有什么人生理想。

他愣了一下，显然他没怎么想过，皱起眉头，随后深沉地叹了一口气：“大概是成为全世界 TOP5% 的男人吧！”

我惊呆。

眼前的他虽然长得带点儿稚气，但也已是奔三的人了，这么中二，难道真的是我命中注定的另一半吗？

我语无伦次地问：“5%，怎么可能？”

他已经沉浸在了自己的梦想里，对答如流：“我觉得我现在是 TOP15% 的男人，我努力的目标就是 TOP5% 的男人哪。”

我继续凌乱：“你是 15%，请问怎么测算的？你有没有想过剩下 85% 的人的感受？”

他有些讶异地说：“难道我连 15% 都不是吗？我刚才本想说 10% 的，因为想谦虚一些才说的 15% 哇！”

随后他有些迷茫地说：“不过我的确没有考虑过剩下 85% 的人的感受……”

我此生没有喜欢过狮子座，但那一刻我变了。请永远不要低估天然呆的杀伤力。

又比如谈到财富观念。

我不经意地说起，我不想找太有钱的人结婚，因为价值观不一样。

只见他又皱起眉头，问道：“你说不找太有钱的人，那么资产在多少算是‘太有钱’？”

谁会跟钱过不去，小女子这样说只不过是想凸显自己的温良恭俭罢了！这么认真不好玩好吗！

多少资产算是太有钱？当然是多少资产都不多呀哈哈！

在这番心理活动中我干笑了三声，随便找了一个数字回答道：“一千万以上吧。”

只见他沉思了一下，随后又嘘了口气说：“还好我家没有超过。”

我愣住了。

等等，这算告白吗？

以上是在开玩笑。

这些不足以说明他对数字敏感。

真正的功能是他可以每次在买单的时候，不看账单用记忆把菜价加起来进行复核。

在超市不知道该买每袋便宜六毛还是买一箱送八个的牛奶的时候，他会马上告诉我结果。

这时我会对他感到非常崇拜，尽管这个超能力暂时无法让我们成为富有的人。

他终究被我的美貌与智慧折服，向我表白。我也终于知道第一次见面时那件衣服上的数字其实没有规律。

拜他所赐，我们的每个纪念日都非常好记，从来不会发生忘记哪一个的现象。

因为他选择在201413表白，201499求婚，一个非常好记的日子完成生命的大和谐之类的。

唯一的担忧是，我有着严肃的灵魂，因此害怕和一个理科生无法产生灵魂的共鸣。

我尽量避免和他探讨宇宙人生的问题，害怕一旦揭开肉体和思想的和谐，我们阳光明媚的恋爱会因为完全不一致的宇宙观，从此走向两个不同的黑洞（此时发现某鱼对形而上能力的选择是极有必要的）。

但文艺青年是很难忍住不聊人生的，我有一次带着淡淡忧伤对他说："你知道吗，人活在世上只有三万天。"

说完我觉得有些后悔，对于这些活在当下的理科生来说，这个问题过于抽象。

谁知他面无表情地说："我早就知道了，小学一年级就知道了。"

而我知道这个的时候都上高中了，于是不甘心地戳穿："《读者》上登那篇'人生只有三万天'的文章时我们都上高中了！"

他继续面无表情地反驳："我是在家里的小黑板上算的。"

我愣了一下。不要低估一个数学少年的行动力。

他继续向我溃散的心灵进攻："而且那时候我还没有乘以80，我乘以的是75，因为当时人的平均寿命只有七十岁。算出来后只有两万多天。那个下午我的心情很差。"

从此我的文青病被治好了。比起来我一年级是个只知道玩耍的屁孩，而且不会两位数乘以三位数的乘法。

我想象着他虎头虎脑，在家里的小黑板上写了这样一个算式，父母在一边做饭洗碗喊他写作业，却没有人问他做了道什么题。

这么孤独的童年，我想我要弥补他。

他酷爱投资，因而能让他大吼买买买的东西一定不是本不稀缺的钻石，穿不了多久就淘汰的衣服，而是能够增值保值的金子、古琴、貂之类的神奇物种。

最最爱买的就是理财产品。我曾经以为买理财只是一种利息较高的存钱方式而已，但如今我意识到这是一种商品。

他不论有钱没钱，都要像女人逛淘宝一样逛理财产品。买到两眼放光直到月光，买到找我借钱，收回了再买，收回了再买。

我突然觉得自己嫁了个神奇的人，他不抽烟不喝酒，不买彩票，谨慎炒股，所有消耗品上的投入都非常有限，所有囤积欲和购买欲都用在了购买增值品上。

因此送礼物对他来说并不划算，我也从未收到过。为了堵住我的悠悠之口，他会送我玫瑰。

我每个纪念日都会收到玫瑰。在一起第一百天时，在一起半年时，情人节，生日，七夕节，周年纪念日，结婚纪念日……

很多男人甚至女人都会觉得花是很浪费的，所以大家都很诧异为什么他这么爱送花。

每次收到玫瑰的时候他都会问：

你数数有多少朵？ 11。

这意味着你是我的唯一。

你数数有多少朵？ 22。

我们一起 2 下去。

你数数有多少朵？ 99。

我们要长长久久。

你数数有多少朵……

后来我终于想明白了，在数学家的眼里，不同数量的玫瑰代表着不同的礼物。

谢谢你。

谢谢你告诉我数学很 sexy。

05. 警惕每一个邻居

艰苦奋斗了十年之后，我搬进了一间素有“高档小区”之称的小区，这里交通便捷、环境优雅，楼下的草坡适合晒太阳，是一个理想的住处。

不过我入住后许久都一直没有和任何人说话，也许是这里的气氛虽然友善，但并不随意的缘故。

丈夫在外上班出差应酬，妻子在家经营生活，是这里大部分家庭的基调，我家也不例外。

是她首先向我示好的。其实早些时候，在电梯里、草坪旁边还有进口超市里，我都注意过她。她有着典雅的妆容和幽香的气息，颇令人赏心悦目。

她向我示好那天我正在门口收快递，她路过我家门口，不经意张望到了里面，便称赞我家布置得素雅。我下意识地把门敞开了一些。我猜她这么说是因为看到我家原木五斗柜上插着的花。她顺势走入了玄关，闭目闻了闻花香，笑容洋溢地对我道了声谢谢，便唯恐打扰地离开。这样的逢迎，让我真有些莫名。

第二次相遇时我们就自然地打上招呼了。那天天气并不太好，楼下草坪恰巧只有我们在散步，两人相顾莞尔，寒暄了一阵。

从聊天内容可知，我们有颇多共同点。我们都没有孩子和宠物，也不喜社交和购物。要知道这里大部分住客都是富人，光看车库的车牌就足以让人黯然神伤了，因此和我阶层相似的邻居还是很难得的。毕竟只有阶层一致才有谈话共同的出发点。一番欢谈到了最后，她提出想去我家看看我今天插的花。

尽管我家客厅久未迎过客人，但还是欣然应允了。

对了，她叫 EMMA，她让我叫她艾姐（我不知道她大名是不是真的姓艾名玛）。

说来有些遗憾又有些得意，当年我搬进这个家来的时候手头的钱花得差不多了，无法在布置上花费太多，便将客厅布置成禅意的样式。所谓禅意，就是一个实木茶几旁边配四个蒲团，省却了一大套沙发的费用。而坐在蒲团上也不能当沙发土豆了，久而久之经常忘记开电视，我就捡起了插花这门旧学。

艾姐轻盈地半跪在蒲团上，像个日本妇人一样，欣赏着我插的这盆花，几乎 360 度都细细看过。她一边看我一边给她讲解技法，但由于她看得太慢，我几乎穷尽所学，讲无可讲了。她又细细张望了一下我整个家居陈设，然后把我墙上的字画都欣赏了一番，赞叹之余，微微皱眉责怪道：“你这里的确高雅，但你也未免太寂寞了！你先生不在的时候，你就在这儿一个人插花吗？”

我被她一问，便觉得是有些冷清，可又不好意思告诉她，我除了插花赋诗做饭喝茶，还有很繁重的脑力工作在家做。

是这样的，其实我是个小说家，但是由于一直没有一部出名的作品，所以还不如就告诉别人我是家庭主妇来得体面。

艾姐不等我回答，自告奋勇道：“我以后有工夫就来这儿陪陪你，省得你整天连个说话的人也没有！”

我想她不过是客气，便也做出很感恩的神色说：“谢谢谢谢，今天能跟您聊这么多，我已是不胜荣幸！”

她会意地笑了，连忙起身：“那我今天不多打扰，改日再来拜访。”

我怕她会错意，以为我那句话有逐客之意，连忙挽留，但她坚持有事要走，我便起身相送。

她走后还留下了一股身上的香味儿，与我室内的檀木香气并不协调，禅意的空间被她搅散了宁静。我心里暗自寻思，不过是来了个人，坐了不到一刻钟，怎么感觉这间禅室和平日都不一样了呢。

不知不觉又过了约莫两个礼拜，我家门铃突然响了。一看猫眼，外头站着的竟是艾姐，手里还抱着一大束鸢尾。

我赶紧把门打开。

艾姐春风满面地站在玄关处，把花递给我："亲爱的，我路过花市，就给你带了一束，比你上次说的那家店便宜多了！——我打扰你了吧？要是你在忙我就先走了！"

她定定地站在玄关处等我的回应，生怕冒昧闯入给我带来麻烦。

我赶紧迎她进屋，把花恭敬地放在茶几上，拿出我待客用的好茶泡上，便插起花来。鸢尾花有种中西合璧的美，她买得很好。

枝叶随着我刀剪的动作扑簌着落在茶几上，两个女人久坐无语，并没说什么却仿佛交流了很多。

临走时她柔媚地说道，什么时候有空，我就直接来敲你门，你在就在，不在就不在。

我连连表示寒舍随时恭候她的光临。她笑逐颜开地离去。

晚上老公回家后看到我插了花，又摆了茶点，便询问起来。我正好将心中疑惑说给他听，说这个艾姐不知为何，好像格外想同我做朋友似的。老公便说邻里女人之间互相走动聊天再正常不过，多个朋友多条路，不妨交往着。

可我还是觉得哪里有些不安。

艾姐过了一阵子果然来敲门了，这次她没带什么礼物，也放下了那副精致从容的妆容，跟我讲了她的烦恼心事。我由于工作性质使然，从不排斥听人说故事，她说她的，我听我的，无非是上了年纪又衣食无忧的独身女人的过去与烦恼，往重里说销魂蚀骨，往轻里说不痛不痒。我在她讲述的间隙不经意间评点一番，有一搭没一搭，她却很受用，引我为生命唯一之知己。末了她要了我的联络方式，说自己若是心里再不快，也请我去她那儿小坐。

我想着她既把我当了知己，又已来访我数次，我还一回都没去，甚至连她的门牌号都不甚了然，未免不周，就决意下次前往拜访。

不多时她就邀我上她家小坐，我没有推辞，下了几层电梯，就到了她家。

她家和我家户型一模一样，只不过我家朝南她家朝北。她的房子天然光要少一些，大白天也需要一些灯光，整个装修的色调也厚重暧昧很多，屋子里漾着的都是她身上那种淡淡幽香。我这才知道，并不是她身上总漾着香水味儿，而是因为她早和家中的香氛融为一体。

她为我用全自动咖啡机沏了摩卡，又让我体验她的按摩椅。我正按得浑身舒服，她便给我推荐让我也买一个，价格十分合适。按了一会儿她又带我到里间做美容。她自己一个人住，将一间卧室改成了一个小厅，里面有一整套美容设备，和一个步入式的衣帽间。

我们在小厅里点了她收藏的香薰，换上舒适的丝绸浴袍，用她的设备做起美容来。美容仪也不算贵，三万一套，她也推荐给我。方才的按摩椅也不算贵，两万块，都能很好地改善生活质量，减轻生活压力。我打量她的家居布置，和我家一样的户型，对比之下她的空间充满了质感，想必每个角落都是这样的两万三万堆砌出来的，我四个蒲团的禅室自不可与之同日而语。

我心里不由得生出一种不是滋味的感觉，原本以我家的收入，并非不可以让家更有质感一些，但我一向崇尚节俭。可问题是节俭的结果也并没有使生活变得更好。

怀着这样淡淡的不悦我顶着做完美容后光洁的脸回家了。尽管这段时间来她一直赞我品位脱俗，但从她连毛巾、烛台、餐巾这些小东西都请我带回家这样的行为来看，我家任何一件东西实则都未曾入她法眼。她给的这些物件各个是欧洲小众的高端品牌，要么是在一块布上雕出了浮雕质感，要么是材质里透着南法正宗玫瑰香。

回家以后，艾姐给的那些东西都散发着浓重的脂粉香，过于西式的造型放在我家徒四壁的空间里也是徒增诡异，我只好又都收进抽屉里了。

独自坐在蒲团上，真有些闷闷不乐。我下单买了一套心仪已久的骨瓷餐具，买了之后又觉得和我简约的桌子调性不符。

我有点儿不想和艾姐来往了，我想她满口谀辞，而对我的欣赏却从不是出于真心，她欣赏的标准另有一套。但转念一想，她又对我没有丝毫不好，这些时日来我没有给她任何东西，反倒一直是她大方地赠我东西，我这样想好像又有些辜负她了。

艾姐却丝毫没感觉到我对她态度的变化，次日她在楼下摁了我家的视频铃，在视频里跟我就寒暄起来。透过视频看到她穿了肥大的运动服，不施粉黛，满头大汗地跟我说她刚刚跑步回来，约我明日陪她买菜，今天就不上来了。我听着是买菜这么接地气的活动，不由得松了口气。

但我依旧想简单了，她去的菜市是我逢年过节才去的进口市场，一样的东西在这里要贵好几番。但是本着不能跌份的态度，我比她拿了更多的菜品，毕竟我家有两口人，而她的婚姻状况不明。结账时的七百块自然让我肉痛，但偶尔一次也不算过分。菜市场里来来往往都是拎着名包来买菜的妇人，而艾姐和我都拿的是环保袋，于是艾姐对她们摆出一副不屑的样子，这时候我才感到我和艾姐还是身处同个阶层的。

回家以后，我拼命让老公吃出这顿晚餐的不同寻常之处，搞得他几乎消化不良。在终于得知这顿晚餐的不菲身价后，老公颇为宽容地拍拍我的肩，告诉我和朋友交往不必在意小事儿。本来我已经预备好了，如果他埋怨的话，我就说是为了不给他丢脸才买的，结果他这样说我更加觉得难受了。

此时电话铃响，艾姐急匆匆问我是不是用某种红酒配了我今天买的牛排，我的牛排配那种酒最好。我才想起我们刚才并没有喝酒。

原本我就觉得这顿晚餐差了点儿意思，现在想想我居然连“红酒配红肉”这种简单的规则也忘记了，更加沮丧。

次日她专门给我送来了她说的那种红酒和黑椒汁，我看起来感动实则觉得鸡肋，因为我短期之内实在不想去第二次那个菜市了。

接下来的日子，我发现我独自在家时总是心神不宁。原本我自己一人起床、打扫、喝茶、写作，偶尔会友，怡然自得，但现在一个人的时候还真觉得有些寂寞冷清。可是我又非常警惕地听着响动，很担心门铃会随时响起，艾姐又出现在我面前，使我又造成额外的破费。我甚至后悔结交了这么一个随时可以敲我门的朋友，因为在过去即便是密友，至少也要经过约定才会来到我家。但她作为我并不十分熟络的朋友，却拥有随时来的特权。我花了很多时间和一个并不能让我自在的女人相处，却得不到乐趣。

但事实上除非我搬家，否则我家的门铃随时会被按响。

可是，为了一个并没有多大害处的，甚至是经常送我东西的女邻居搬家，这是否太小题大做？

正这么想着的时候，艾姐就又来敲门了。我当时正在化妆准备出门买鞋子，我害怕说谎会令事情更加麻烦，就照实说了我的安排。艾姐听说后，便要带我去那家商场。她知道我没有车，极力要开着她的座驾送我。

我拗不过她，于是打定主意这次只去自己想去的那家商场，买自己预算范围内的鞋子。然而上车之后就由不得我了，艾姐一脚油门踏下去便带我开向了那个全城有名的高档商场。我连忙阻止她，坦诚地说我买不起那里的东西，她却不由分说地告诉我那家商场她有关系，有一张黑卡，不管买什么都打八五折。听到“八五折”三个字我愣了一下，那一瞬间我的确心动了，因为若真有这个折扣价那可就堪比去国外购物了。一般来说，只有在那家商场年消费达到五十万元以上时才能够有艾姐所说的黑卡，这对于很多所谓的富婆来说也是难做到的，我深知这张黑卡的价值。就这样，三小时后我拎着两双国际大牌鞋子回了家，信用卡积分也噌噌地回报了我。这次我没有丝毫不悦，我觉得艾姐虽然自己并不富裕，但她的能耐让她得到了很多有价值的便利。她这样的朋友还是很有分量的。

我站在穿衣镜前旋转了几下，越发觉得我的禅室有些寡淡。没有车，穿这双昂贵的高跟鞋出门也是很不方便的。艾姐特意嘱咐我，因为过去没穿过细高跟，自己走不了远路，下次出门别忘了叫她，她随时都可以给我当司机。

那晚上我忍不住盯着我人生中唯二的两双大牌鞋暗暗欣赏，再想想那堪比原产地打折区域“实惠”的价格，露出满足的微笑。老公看到我陶醉的样子，笑称如果早知道我这么喜欢大牌，就早些买好了。我很满意他如此的表示，证明他真的是宽容且真爱我的人。

就这样，我穿着大牌鞋子，在电梯里也有贵妇凝望我（的脚）了，我对这样的改变还颇不习惯，但又有种兴奋。穿着这两双鞋子不方便去一些尘土飞扬的地方，我也就忘了自己的原则，经常和艾姐一起去那家贵几倍的进口菜市了。

也同样是因为这两双鞋子，我自然而然和能给我提供座驾的艾姐形影不离。我在她的再三劝说下，又办了一张“惠而不费”的美容年卡和一张高端 SPA 卡，这两家店都严格地控制会员的身份，而我能成为会员，这又有赖于艾姐给我行的方便。

对了，我家客厅如今早已不是禅室了。我将家里重新装饰了一遍，变得更加适合摆放那些“物有所值”的物品。简约的家具早就换掉了，实木雕花的质感使我的骨瓷更能够散发出柔和的光泽。

某日，艾姐见我家里有几件瓷器，夸赞了一番后点评说只是少一件真古董。随后向我推荐了某拍卖会上的一件卖品。我连连表示真古董哪里买得起，不玩那个。但当确认我喜欢后，她帮我走关系让拍品故意流拍了，使我以远低于起拍价的价格购入了该古董。

我感到最近自己的钱在飞快流逝，但又有一种充实感补了上来，这是因为我并没有真的消费，而是在进行投资。当物品昂贵到一定程度时，它可以永久地保值甚至增值。不过，这种充实感很快又会落空，需要新的东西填补。

老公对着我最近的信用卡账单显得有些不耐烦，我自尊心受挫，边哭边指出我没有浪费每一分钱。他甩过来一份体检报告告诉我他说不定哪天就退休了，我才没继续哭下去，并对花销有所收敛。

一天，艾姐特别欲言又止地对我发出了一个邀请。自打我们成为最亲密的朋友以来，她同我说话还从没这样三思过。她说她想让我陪她参加小区女性朋友们的聚会。我知道她除我以外在小区里还颇有一些朋友，对于她这样谨慎的邀请我反倒觉得有些奇怪。她解释说那些朋友就是那些所谓的贵妇，她们轮流在家中举办聚会，浮夸而虚伪，若是我不去她便也不想去了。

出于职业习惯，我素来对于各色人等是好奇的，这回自然也不会放过一个近距离观察贵妇生活的机会，便应允下来。

发出邀请的那家贵妇就在对面楼里，我和艾姐在我们这栋楼下会面。她看着穿着普通连衣裙和凉拖的我颇为不悦，我对她浓妆艳抹脚踩高跟的架势心中也颇有微词。

走进主人家中后我便理解了艾姐的眼神，这里面衣香鬓影，所有人都晚礼服配珠宝，我的确在这些人里有些扎眼。艾姐只好对大家揶揄道："她是绿色主义者，也就是我常说的 C 太太，著名的花艺师。"

我不知道绿色主义者在这阔太圈里是不是穷的代名词。总之大家恍然大悟地对我投来似敬仰又似不屑的神色，随后就不再搭理我。我尴尬地缩在一角，听她们讲自己在达沃斯、戛纳金棕榈、巴黎时装周以及人代会期间的见闻。

不过，我以自己的机智正偷偷观察着这位所谓富婆家中的装饰，并盘算着我日后在哪里提纲挈领地花一下钱之后就可以达到同等效果。这家人并没有太高品位，挂画尽是些粗糙的名画仿品，几件经典的大牌花瓶、座钟等物件摆在显眼位置，生怕体现不出身份。整个公寓也不过就是二百多平米，连雇个住家保姆都嫌拥挤。客人里，有几个贵妇穿的是大牌的当季新款，而另有几位穿的也就是经典款，想买也不过就是几千块一件。

这样心理建设了半天，我还是没有找到一句可以由我主动开启的话茬儿，也搭不上她们的腔。艾姐身上一件三年前夏季的纪梵希，我上次陪她在奥特莱斯小镇买的，打了不知道多少折，此刻被她当作战袍一样披挂在身上。她手持红酒杯周转于这些富婆之间，夸这个的珠宝、那个的别墅，A 太太的学识、B 太太的阅历，过去她能把我夸得有多清新脱俗此刻就能把她们夸得多雍容华贵。

从那个聚会回来后，我和艾姐好像感觉到某种缘分已尽，彼此都再也没有单独约过。倒是那几个见过面的富婆平素在路上见到还会点个头。最神奇的是，我回到了过去常去的菜市场买菜，竟然好几次都看到了艾姐也在买。她掸着菜上面的土，把它们装进环保袋里。

她看到我后，尴尬地远远避开了。

如今，尽管艾姐早已不和我玩耍，但我还是忍不住关注着她。她最近和刚搬进来的一个小女孩走得正热乎。若说我和那个女孩有什么共同之处的话，大概就是都有些涉世未深。

一天在草坪上看书，我偶遇一位上次派对上见过的富婆。她问我为什么不再参加活动了，我坦言那样的聚会让我不自在，因为我和她们不是一个世界的人。她哈哈笑了，告诉我说她不是富婆，这个圈子百分之八十都不是。

我感到她要对我说些什么。

她笑道："艾姐是不是带你去买过鞋？办过卡？"

我如实承认。

她说出了一个让我惊讶但又并不稀奇的事实。她说她两年前也和艾姐是闺密。事实上这里大部分刚来的、不善交际的人都会被艾姐发展成闺密，然后走上消费主义之路。住进这里的女人多半还有点儿闲钱，但大多数也不算真正的富人。而艾姐一旦攻克一个人，将她由俭入奢后，就好像对她再没有兴趣了，之后就会换一个人再来攻克。

而那天的派对上，如我所观察，只有那天的主人和另外几个穿大牌新款的人是真正有钱的。剩下的都不是有钱人，但很少有我这样急流勇退的，一般在第一次受到刺激之后就会努把力伪装成有钱人参加下次的聚会。毕竟大家都住在同个小区，谁也不愿显得比谁寒酸。

她的丈夫为了满足她的开销，已经被她逼得换了三份工作了。

我表面上一副无所谓的样子，心里却还是有些痛。

艾姐对我真的没有任何感情吗？当她静静看我插花时，当她殷勤给我当司机时，当她亲手为我做精油按摩时，难道并没有真的快乐，而只是想看我对消费上瘾后究竟是什么样子的？这对她而言，乐趣何在？

“我想这只是她的一个实验，”富婆说，“她自己就深深陷进了消费的大坑，整天拆东墙补西墙才能填上她的坑。她只是想证明这个坑谁都抵抗不了，所有人都出不来。对越是朴素的人做这些她就越有成就感。同时，她那些所谓要多少条件才能加入的美容院健身房，其实压根就是鬼都不去的地方，她已经拿不少回扣了。我们都给她的奢侈输了血。”

我望着脚下的名牌鞋子，它依然完美得像个艺术品。我不怨她带我经历了这么一遭，毕竟富人的生活也不是人人都真切地体验的，这有助于我进行日后的小说创作。

说不定哪天之后，我就敢告诉所有人，我的职业就是一名小说家了呢！

06.

公交车老司机泡妞指南

在北京这个地方，乘坐出租车，从来都不用担心任何的冷场。

而多少司机都毫不吝啬，一段路的缘分就对你吐露他一辈子的那点儿曲折。

那年我年方二十三，忙完一个活动，站在老城的西北角打车，准备回老城的东边。那个暑假，等着读研的我并无半点儿压力，夏夜的风吹来，短裙和长发一飘一飘，觉得等待也是一种享受。

不一会儿就来了辆出租车，而上车不久便听到一句可能招致反感的恭维："你看都这个点儿了，要不是你们这种学生或者年轻白领，我才不拉呢！我远远地看见是个年轻姑娘，才停下来。"

不过这位司机的语气倒是透着种真挚的赞美，让我没有把他刚才的话当成语言骚扰。我的心情继续飘扬着，他却自顾自地说了个更飘扬的故事。

“我年轻的时候，不是开出租车的，开的是公交车。开公交车可比这难多了！那会儿我二十五六，天天就开那一条线路。那会儿有个小姑娘还在上初中，特漂亮，每天那个点儿就在她家门口公交车站等车。

“她上车那会儿人多呀，老是挤不上去，老跟那儿着急，有时候我这辆上不来还得等下一辆。我想着这不是个事儿，后来就专门把车门停到她面前，她才总算上了车。

“有好几次，就算把车门都停到她面前了，她还是上不来。我就想到个主意，让她把书包先扔上来再挤。可好几回书包扔上来了，人还是上不来。她书包在我车上，不能不上我的车，急得快哭了。这时候，我就把我这边驾驶室的门打开，让她从我这边上来。（怜香惜玉的小心机，整个车厢都温馨起来了呢。）

“‘一回拉手二回摸腰’，她都没说什么，我这就知道，有戏。”（她还是个初中生啊，前面还好纯情现在怎么换戏路了，我在心里咆哮。）

“从我这驾驶室上了几次车之后，有一次，趁她从我这儿上车，我往她手里塞了张字条，让她晚上几点在她家附近的公园等我。（哦没有电话的年代。）

“第一次，她没来。我跟公园里冻得够呛，鼻涕都流出来了。没多久，我又给了她张字条。这回她来了。她居然敢来！敢来我就一定把她拿下——当天我就把她拿下了。（“拿下”……如何“拿下”，如何定义“拿下”……羞涩的我没有追问下去。）

“一来二去，我们天天都要见面。那年她中考，没考上高中，只上了中专。她家里不高兴，觉得是因为跟我谈恋爱没考上高中，一直反对。（真的不是因为你屌丝吗大叔……）

“反对就反对，我跟她妈说，你看你闺女最后是不是跟我吧！她妈不知道，我一天 xx 她个三四次，她没法不死心塌地跟我。（我再一次震惊了……高手在民间，西门庆贾宝玉模式转换自如。）

“她一心跟定我，四五年以后，她妈最后还不是同意了吗！”

“我特疼我媳妇，这个点儿了，她就得在家睡觉！我跟你说，男人靠吃，女人靠睡！她原来老爱看电视，我跟她说，你别老看电视，你得多睡！现在她听我的了。

“你看，这是我儿子，今年高中了，像他妈。”他几乎没有间隔地拿出了手机给我看了一眼——真帅……“长得不错吧，一米八。”（八十年代的老故事猝不及防穿越到了当下，二十年弹指一挥间，忽然觉得幸福好简单。）

“我跟你说，‘蛮不讲理生儿子’，我这种蛮不讲理的人，就得生儿子。你看看你身边是不是这样，那横的都生了儿子，老实的都生闺女。”

这理论很奇特，我陷入了周边小样本的比较中……没有留意车已经停在了小区门口。

“唉，真奇怪，你说今天我怎么了，怎么就想起二十年前的往事了呢？”他故作无辜，还是开头那贱贱的搭讪腔，感到他掩盖不住的得意。

开出租车的司机有很多，可对我说起他年轻时开过公交的，只有这一位。

07.

两个张小慧

小慧漂亮得不像是我能找到的女友，但她又的确是。我们在一起两个月了，最近正打算搬到一起住。我们已看好了一间新的公寓，尽管离公司远了不少而且房租翻倍，我还是毫不犹豫地租了下来。

而且，奇怪的是，当初是她勾搭的我。在我为数不多的去夜店的日子，她竟然主动到我身边撩汉。一看她就是个惯犯。后来，我抱着试试看的心态向她表白，没想到她竟然答应了。奇怪得很，她长得不比任何一个开保时捷的姑娘差，为什么要和我——一个小公司的搬砖工在一起？

但我们真的在一起了。而且小慧非常善解人意。她得知我不是真的喜欢去夜店后，便再也不去夜店了。我不高，她约会便只穿芭蕾平底鞋。我挣钱不多，她晚饭便只点两个菜。我喜欢黑长直，她便不再烫发。周末，我们和所有的情侣一样，一起到电影院看大片，到草莓音乐节吃土，到宜家轧马路。

——我承认，我向她表白的动机不纯。

我以为即便她答应了也不过是两个礼拜的交情。

没想到她竟然是认真的。

她真的太美了。虽然有人说她长得不过是一张普通的网红脸，但在我看来她美若天仙。

可是就在我们决定搬进新居的前一天，我刷到了一条朋友圈。

PO 主是我的朋友聪哥，他又在朋友圈秀了一番恩爱——可这次，那照片里的女人是张小慧。

我相信小慧一定不会对不起我，这个人一定只是长得和她太像了，可密密的汗珠已经爬满额头。

聪哥是我发小当中的高富帅，小名张二狗。因为他经常模仿思聪的语气说话，我们就叫他聪哥。

长夜难眠，我扪心自问，我和聪哥，究竟谁更像小慧的男友？思前想后，我实在忍不住，两眼一闭，用颤抖的手给聪哥发了个微信：二狗，看你媳妇眼熟，叫什么名字？

没想到聪哥兴奋地发来一条语音：她挺有名的，叫张小慧，哥大交换的时候认识的。

我听到“张小慧”三个字的时候已经窒息了，但是再听到“哥大交换”的时候，我就蒙了。我和小慧每天都会见面，她在一个三本院校上学，最近马上要去一个小公司实习。她跟我不在一起的时间绝对不够到美国飞一个来回。我想，聪哥的媳妇，一定是一个和小慧同名同姓，又长得很像的人。

这个时候我不得不承认，在我眼里美丽无匹的小慧，不仅长着一张极易雷同的网红脸，还有着一个极易雷同的名字。

我的心放了下来。

搬家路上，我坐在卡车里无聊地刷着朋友圈……突然，聪哥又发了！——照片里，他搂着“小慧”，在自家游泳池边摆了个销魂的POSE，并配文说明：天气热吧，给你们看看哥的生活！

我这下彻底放心了，长舒一口气。天气是很热，可小慧就在我身边呢。

小慧诧异地问我：“你怎么了？”

我没过脑子就给小慧看了朋友圈：“你看这姑娘，跟你像不像？”

没想到小慧沉默了。

搞得我很尴尬，只好也沉默。

良久，她问：“这个人是你朋友？”

我赶紧解释道：“他是我发小，我俩爹一个单位的，我俩一个小学的。我们俩爹一块儿下海，后来他们家生意做大了，越来越有钱，我们家生意赔了，越来越屌丝。”

小慧眉头紧蹙。

我连忙解释：“怎么了？他交的女朋友都是些模特，整容脸，那女的肯定是整成跟我们家宝宝一样的。”

小慧的脸色更加阴沉，我这才想起来，她也一直兼职在做广告模特。

小慧："你怎么知道我没整过容？"

我自知说错话，不敢再说下去。

我们沉默地搬完了家。

——可那天以后，小慧就消失了。

我这才意识到，我并不知道她家的地址。

我知道症结一定出在聪哥搂着的这个"张小慧"身上。

——也许小慧和聪哥曾经恋爱过，又把聪哥甩了，聪哥忘不了她，后来就只能照着她的模子再找一个；也许她有个双胞胎妹妹，成绩比她优秀但总是傍大款，让她难堪；也许……我从小就想当一名编剧，因为我的脑海里总有很多的故事情节。

想了这么多也没有答案，于是我只好再次觍着脸联系聪哥："二狗，你媳妇有没有一个双胞胎姐妹？"

聪哥的语气有些不耐烦："没有，怎么了？"

我："我认识一个姑娘，也叫张小慧，和你媳妇长得一样。"

聪哥沉默了一会儿，然后不再语音，发来一条文字："老赵，我之前的女朋友可能很多都是混的，你们瞧不起她们，我心里明白。但张小慧不是。这次请你务必放尊重一些。"

的确，聪哥之前交往过太多嫩模和夜店妹，总是被我们岔来岔去，或者在群里公然爆几条该女友的黑历史，聪哥也从不生气，还顺着我们调侃几句。

这次，见他这么严肃，我连忙解释："二狗，我没说她是混的，真的只是想知道她是不是我认识的张小慧。你能告诉我她哪里人吗？"

聪哥："北京人。"

我："她在 F 学院上学，对吗？"

聪哥立马飙过来一段愤愤不平的语音："老赵哇，你也不动动脑子，F 学院的学生能去哥大交换吗？——我媳妇是清华的。"

聪哥把我拉黑了。

虽然已经不是对方好友，但是我还是能看到聪哥显示的十张照片，每张都有"张小慧"的身影。

我来到小慧的学院打听，希望能有小慧的消息。

没想到却看到小慧的名字贴在宣传栏上。宣传语介绍说，她是这个学校建校五十年来唯一到哥大交换的学生。

张小慧于今年的上半学期，在纽约学习生活。

我在小慧的宿舍楼下厚着脸皮向经过的同学打听小慧的消息。认识她的人都告诉我小慧在纽约交了一个男朋友，因此在交换结束后就再没回过宿舍。

我有些毛骨悚然，张小慧前一阵子不是天天和我见面吗，试问她究竟什么时候去的哥伦比亚大学？

我百思不得其解。我的朋友大李，是个心理咨询师。我跟他聊了最近的苦闷。

我夹起一块酱牛肉，迷惑地说："你说世界上是不是真的有那种九又四分之三车站？她是在平行时空去的哥大，所以她可以既在哥大又在我身边。"

大李露出一种很不职业的、哭笑不得的表情："我是第一次知道'劈腿'二字还有这么文艺的说法。"

我一把放下酱牛肉，拍桌道："谁说小慧劈腿了，有你这么说话的吗？"

大李又抿了一口小二，摇摇头，摆出一副专业人士的样子："你知道吗，你这叫'回避型人格'。你无法面对一个问题，就把它伪装成了另一个问题。比如你无法面对你挣得不多是因为你缺心眼，就一直认为是你出身低微。这样看似得出了结论，但本质上是解决不了问题的。因此，我建议你先直面你前女友劈腿的事实，咱们再来谈谈你将如何走出心理阴影。"

我被这一连串的名词打击到了："前女友？劈腿？这两个词太不严谨了。小慧只是消失了，她并没有和我提出分手，谈何'前女友'？至于劈腿，这更是没有被证实的事情。"

我愤愤然叫服务员来买单，结束了这次不愉快的饭局加咨询。

——张小慧真的劈腿了吗？

内心深处，我是这样怀疑过的，否则我就不会联系聪哥了。

可是小慧真的每天都和我见面，她的思想和她的穿着一样朴素。她告诉我，去夜店是因为初恋狠狠伤害了她，所以才沉沦了，但是当遇到我以后，就不再过那种生活了。

我曾问过张小慧在学校是不是什么系花院花一类的，她说她们三本的女孩漂亮的多，她根本不算美的。也因为这个原因，她从不让我去她们学校。可是上次在她的宿舍楼下时我发现，那个学校的女生的长相连接近小慧水准的都没有，小慧毫无疑问是那里的校花。

问题又出现了，一个校花怎么会死心塌地地跟我——一个小公司的搬砖工呢?

我对着镜子回溯了我的一生：出生在一个普通的家庭，爸爸是会计，妈妈是工人，我们这一整条胡同的孩子几乎都是这样的配置。我的成绩中等，上的是普通的小学和中学。中考之前大家都去网吧玩，我打球摔断了腿去不了，只好在家复习，结果考上了重点高中 W 中。这是我人生唯一一个幸运的转折点。随后我腿好了继续泡网吧，但是在 W 中混着也能上一本。大学毕业后我顺利找到了工作——一个小公司的搬砖客。胡同里除了聪哥这种少数的“富二代”，大部分的发小都只上了职高或大专，他们的工作都没我好，或者干脆没有工作，天天被父母责骂。

但是我自己知道，我只是比他们优秀那么一点点而已，距离娶到一个张小慧这样的媳妇还有着很多年的奋斗过程。

百思不得其解之际，我打开了小慧留在我这里的一箱杂物。那是她放在我上一个合租房里的，随着大卡车搬来了。我想找找线索。

里面有她一个化妆包，包里有一些用了一半的化妆品。一本手账，是上次我们去新疆玩的记录。两本几乎没翻过的小说，一本护照。我连忙打开那本护照，生怕上面有美国签证，还好没有，只有一页韩国签证。但是那上面的名字并不是张小慧，而是徐梦舒，照片也是另一个人。

徐梦舒是何许人也？

突然之间，我再度毛骨悚然。

难道，和我在一起的人其实是徐梦舒？徐梦舒照着清华大学的张小慧到韩国整容，然后 COPY 了她的全套身份？

那天她质问我为什么不认为她才是那个整容者，意味着她害怕被我发现真实身份，所以消失了？

这个脑洞开得有点儿太大了，我都有点儿不能相信。可是这个平庸普通的徐梦舒，才跟我更为般配呀！徐梦舒不去夜店不穿高跟鞋吃饭只点两个菜，愿意和我长久交往，才是合理的呀！

为了证实这个猜想，我又来到了清华大学。

难以置信的是，这里真的也有一个张小慧，和我的小慧，或者说整容后的徐梦舒，一模一样。就像聪哥说的那样，她是学校里的明星，很多人都知道她。

我找到她的时候她正从老图书馆抱着一摞书走出来。

那神情、姿态，和我的小慧不太一样。我的小慧连畅销小说都读不下去，而她手里却抱着这么一摞发黄的专业书，一副女学者的样子。

我喊道："小慧！"

清华大学的张小慧愣了一下，对我投来询问的目光。

我脱口而出："小慧你失忆了吗，我是老赵哇！"

她旁边的闺密露出复杂莫测的鄙夷神情。

清华大学的张小慧不高兴地掉头就走。

我追上去，问了一个非常关键的问题："张小慧，你认识徐梦舒吗？"

清华大学的张小慧点了点头。

真是难受，我和我家小慧在一起的时候可以随便揉她的头发，靠她的肚子，丝毫不把她当个女神。

可是在清华大学的张小慧面前，我感到非常拘束。走在她身边，很多人看她，更多的人看我。她像一个明星一样冷着脸，而我接受着很多人愤恨的眼光。

我们在餐厅里说话时，我感到，虽然她就坐在我对面，但她离我很远。她的声音就像从一个高高的教堂里传下来的，让我自惭形秽。

教堂里的声音告诉我，徐梦舒是她初中同学，两个人不熟，毕业之后也再无联系。

但有两件事情令她印象深刻，一是徐梦舒曾暗恋她当时的男友，并为他自杀过；二是初中毕业的时候，徐梦舒找她要了一张照片留念。她当时心里有些别扭，但还是给了她自己的照片。随后张小慧考上了F中，后来又上了清华，渐渐和初中同学都没了联系。

张小慧："说了这么多，徐梦舒到底怎么了？"

我："她丢了。我要把她找回来。"

张小慧："那这件事跟我又有什么关系？"

我凝视着张小慧的眼睛："你的过错就在于你美若天仙。"

张小慧："你是说，她还在记恨我？"

我："或许吧，她整容了，变成了和你一样的脸。"

张小慧听到这里颤抖了一下，但也没有非常惊讶。

她玩着手里的咖啡勺子，幽幽说道："当年他们有句话说，'张小慧'三个字就是幸福的保障。张小慧不仅学习好，而且长得好、家境好。在我们学校，这三样都好才是大家眼中的'三好'生。当年只要我梳什么头，她们就梳什么头；我戴什么头花，她们就戴什么头花。说来也怪，我一直不懂，买了我同款头花的姑娘考试成绩都提高了，也有男生追了，你说这是为什么？"

我盯着她美妙的双眼，高挺的秀气的鼻梁，想象着她初中时期的样子。

我："大概只是心理作用？"

张小慧："也许吧。虽然越来越多的人模仿我，但唯有徐梦舒是个例外，她总是照着我的相反面打扮，最后变成一个奇怪的存在——那个时候还没有杀马特这个词，但她就是当年的杀马特。我一直以为她很鄙视我。所以，初中毕业时，她找我要照片，让我非常惊讶。"

我突然问道："张小慧，你遇到过不开心的事儿吗？"

张小慧淡淡笑道："很多人问过我这个问题，我都没有回答过。不过你跟我萍水相逢，我倒是可以告诉你。”

我凝视着她的双眼。

张小慧：“没有。”

我吸了口凉气。

张小慧：“我从来不知道不开心是什么样的感觉。我这么说你可能觉得我很做作，但我真希望有那么一刻，能够感到生活不是那么顺心。可是我的人生中没有一件事不如我的意，就算有，也会马上被人给我解决掉。不论老师、同学还是父母，只要我流露出一点儿困惑，他们就会立刻帮我解决。”

这一刻我才终于肯定了，面前这位真的不是我的小慧。我的小慧有着与她校花身份不符的忧患意识，吃苦耐劳，常常沮丧。我的小慧，有着清华大学的张小慧的脸和徐梦舒的内心。

她大概是因为觉得张小慧事事顺遂，于是想窃取她的人生。

可这一刻我突然意识到，就算如此，我还是爱她。清华大学的张小慧就在我面前，完美得就像一尊大理石像，毫无生气。

后来的时间里，除去工作，我用所有时间来寻找着我的小慧——徐梦舒。好几次在五道口，我惊喜地奔到我的小慧的身后，却发现转身的是那座大理石雕像——清华大学的张小慧。看来她此时已经和聪哥分手了，如今身边又有了新的男友。

“对不起，打扰了。”我满面窘色地对他们道歉。

寒来暑往，我还住在我们当初准备搬进去的公寓里。

虽然一个人住有点儿贵有点儿奢侈，但我还是希望小慧有一天能够回来。同时，我尽量只置办了最基本的生活用品，希望在小慧回来后，我们能够忘记这一段时间的所有事情，像我们第一天来住一样，一起去购置家居用品。

于是我这一年来一直住在一间没有窗帘，也没有床单被罩的家中。

——都怪小慧说的，要把旧的床上用品都扔掉，新家要由她统一配色。

在第N次的五道口偶遇后，清华大学的张小慧对我说了一句炸裂的话。

——“要不，我们在一起吧。”

我石化了：“为什么？你可是清华女神哪。”

张小慧看着我，亲切地笑了。我这才意识到，她在我心里早已不再是那座雕像。如今我们已经可以推推搡搡地聊天了。她早就从大理石变成了橡胶芭比，最后变成了有血有肉的人。

我突然抱紧她，盛夏的汗水也都蹭到了她的身上。

我无可拒绝地拉着清华大学的张小慧的手在五道口的大街上走着。

像被绑架，像被挟持，可是心里是甜丝丝的，这感觉真难受，又想哭又想笑。

我越来越害怕有一天这一幕被徐梦舒看到。

这一年来，我总觉得徐梦舒离我很遥远。可是和清华大学的张小慧在一起后，我却觉得徐梦舒其实就在我的身边，她窥伺着我，也考验着我。当她看到我拉着清华大学的张小慧的手时，她会不会崩溃？

我不得而知。反正徐梦舒再也没有出现过。

和清华大学的张小慧结婚前的一天，她突然拿着那本徐梦舒的护照过来。

她打开护照对我说："过期了，丢掉吧？"

我很犹豫。

她说："徐梦舒的确是值得同情的，可是，我也的确是因为你先爱过她才被你爱上的。——从她和我的人生来看，尽管她一开始是我的复制品，但如今我才是那个可怜的替身，不是吗？如果你一直留着'她'，我又该如何面对我的人生呢？"

清华大学的张小慧非常聪明，她只要想达到的目的，一定会逻辑清晰地陈述出来，让人无法拒绝。她不需要为我穿平底芭蕾鞋，不需要为我刻意节省，也不需要为我不染不烫，我还是会向她求婚。并且，在她的影响下，我事业越来越顺利，早已不为我个子不高而自卑，也早就不为房子该租几间、晚饭该点几个菜烦忧。

"丢掉吧。"我说。

我们结婚很多年后，我依然作为那个"回避型人格"的典型案例，出现在大李的课堂上。大李说，"回避型人格"的人永远意识不到自己的问题，而这种用一个问题去解决另一个的方式最终会使他的人生成为一个死结。这位朋友虚构了"徐梦舒"这个不存在的人，又亲手杀死了她。这种杀人的歉疚感将持久地延续他的一生，这远比直面他的女友曾经劈过腿这一事实更加长久地有害于他身心健康。

08.

悠闲好似温柔刀

正规出租车上，虽则偶尔还会有人对我吐露衷肠，譬如一些不为人知的发家史，或是被老婆背叛的心酸故事，但终究难以超越那位公交车老流氓了。

世事易改，我们的交通工具被快车和顺风车取代。

这日来接我的顺风车司机是一位年轻男孩。由于我司人员数目广大，我原以为是个同路的不认识的同事罢了，殊不知完全猜错。对方自称是别家公司的同行，原本距离我有六七公里，但看到来自我司的订单后，特意绕道来接我——因为我司的工作是他的 dream work。

我不禁觉得有些好笑。听到他是专门绕道接我，有些于心不安，而听他说起对我司的崇敬，则更是感到尴尬。这位男孩说起话来神采飞扬，毫无遮掩，圆圆的大眼睛和两个深酒窝，开着辆十几万的车，估计是个不知人世艰难的刚工作的 90 后吧，我想。

我满以为自己是他的前辈，然而他让我猜了好几次年龄我都不中，才知道他已经三十多岁了。

他开始认真起来，跟我解释为什么那么想进入我司工作。

他说自己现在所在的公司，平台太硬，他身为一个商务拓展，原本是应该锻炼出来一定营销能力的。但奈何对于他所在的平台来说，实则不需要任何努力就会有广告客户求着合作。长此以往，他就会变成废人一个。因此就算是我司的待遇不如他如今的公司，他也愿意跳槽，因为他希望自己是有成长的。

哦，我司虽然成立时间不长，和他所在的公司没法比，但这两年确实发展态势极好，估价一年翻三倍，外界对我司有这样的幻想不足为奇。

而实际上呢，永远超载的办公区域，人与人之间连个隔断都没有，完全是个缺氧的大网吧。我们楼层到了冬天整层楼没开过暖气，竟然还热得穿短袖。当然一个可能性是楼上楼下的暖气把我们夹在中间烤热了，另一个可能是乌烟瘴气的人和机器给整个楼层加了热。

我嘘出一口废气。这所谓的废气，固然是由于工作引起的，也可能是因为工资的低廉引起的，总之整个人充斥着一种廉价感和无力感。公司的茶水间常年被临时征用成会客间，见外客的时候经常还要伴随着微波炉热便当的鸣叫。四面玻璃的狭窄面试间有时候也用来会客，没有一个地方可以喘息，任何地方都是嘈杂而拥挤的……

而他却还在说着对我司的憧憬。

他说他现在的工作性质对于女人来说很好，不低的薪水，不用操心的工作，上上网一天就过去了，可他是男人哪！因此他们部门的男人少得像大熊猫一样，因为没有男人能忍受这样的工作。

我仍然觉得他在炫耀，并且说了出来。

他认真地跟我解释说，自己运气特别不好，刚工作那三年，遇着了一份特别清闲的工作。

我觉得我一身的废气在他这个充斥着清闲空气的车里，格格不入。我倒要听听他当年遇着了什么工作。

“你收到过中国移动的‘移动梦网’给你发的短信吗？”

“收到过。”我给我的记忆按下了F5，想起很多年前，还在用摩托罗拉的时候确实总收到这个莫名的东西。

他知道我肯定收到过，表情是自信的：“那些短信就是我发的。”

“哦，是吗？”我有些觉得好笑。我们一直以为毫无感情的10086，或者移动梦网，原来背后还是有一个有血有肉的人在操作。

“我在那个单位唯一的工作就是发那个短信。每周只用工作两天，那两天就只用发短信。薪水还不错，而且是铁饭碗。家里给我找的关系。”

“每周两天……简直是我的dream work，好吗？那就是我奋斗的目标，好吗？”真是身在福中不知福。

“可是你知道吗，年纪轻轻，二十三四岁的男人，干这份工作，真是太痛苦了。我有时候在奥森公园看老头儿钓鱼能看一整天！我在湖边经常一坐一天，最后我觉得我这辈子可不能这样下去。”

我觉得他的痛苦是真实的，开始有了一些同情。

“你知道吗，我最后实在没办法，就每天到香山顶上给游人拍照。我就拿着相机站在那儿，问每一个登顶的人‘需要我给您拍照吗’。只有别人冲我笑，感谢我那个瞬间，我才能感觉到自己还有点儿价值。”

我想象着这幅画面不禁哑然：二十出头的男孩，正是好逸恶劳爱睡懒觉的年纪，却被空闲逼得每天爬那么高的香山鬼见愁，只为给游人拍一天照，再默默回家，告诉自己人生是有意义的，聊为安慰。

“最后我实在受不了了，把铁饭碗辞了，换了现在的工作。”

永别了，奥森的湖和香山之巅。

我在心里替他惋惜。

“现在这份工作是广告销售，但可惜我们平台太有名了，每天都有企业求着上我们的平台，所以这份工作仍然不需要我做任何努力，所以我的目标是三十五岁前进入贵司，得到更多的学习和锻炼。”

我看着他三十多岁却完全童真的样貌，终于知道这个世界上有些人就是这样，幸运到了倒霉的地步。

——嘿，哥们儿，你真的应该来我们公司工作吗？

09.

纳斯达克敲钟的快递哥

上午九点多，已不算早高峰，我边开车边调台。广播里一位主持人在采访一个已经赚了两百万的人。听到“两百万”，我不由自主地停住了调台的手。

此人是个快递哥。

主持人：“你赚了两百万这件事出名之后，有没有很多人问你怎么赚的？”

快递哥：“当然有哇，可问题是，我身边好多同事都开保时捷卡宴了，我都还没买车呢——你们干吗问我呀？”

主持人有些凌乱：“保时捷……卡宴？”

快递哥：“对呀，骗你干吗，那个车就一百多万嘛，只是我还买不起。”

主持人：“那你买得起多少万的车？”

快递哥：“也就几十万的吧。”

主持人忍住心中的万马奔腾，继续话题：“你上次代表快递哥在阿里巴巴上市时敲钟，你爸妈在电视上看了觉得厉害吗？”

原来马云在纳斯达克敲钟时请了这位快递哥上台呀。

快递哥赶紧解释：“我没敲钟，那其实不是钟，那是个电子的按钮，只能按，没法敲。”

主持人一脸黑线：“那，你按了吗？”

快递哥：“我没按。我们一共七个人，是中间那个人按的，我站在一边。”

我真是服了。“中间那个人”——那是马云你知道不？！

主持人继续“感动中国”模式：“那你家乡的爸妈在电视上看到你了吗？你们村人是不是觉得你特了不起呀！”

快递哥：“他们没看着。因为放电视那会儿中国是晚上九点。我们那边是收玉米的季节，大家全都七点就睡了，没看到。”

好吧，收玉米。这理由很好。

主持人不相信他和周围的人都这么淡定，追问道：“那你爸妈后来知道了之后，什么反应？”

快递哥：“没啥反应，他们不知道阿里巴巴是啥，也不知道啥是上市。哦，对了，我现在不自己干快递了，我前阵子给我们老板打了一个电话，他给了我一个分公司。”

主持人被猛击一记：“什么？你打了一个电话，他给了你一个分公司？！”

我也惊呆了，路好堵，我不想上班了。

注意，主持人的自信在这时已全线崩塌，后面所有的反应都完全像个傻子一样。

快递哥：“怎么了，我们公司有六七千人哪，一个公司肯定管不过来呀，当然要成立分公司呀。”

主持人：“我是说，为什么你打了一个电话分公司就给你了？”

快递哥：“我不是说了吗，我们公司有六七千人，我不打这个电话，他肯定不知道我呀！”

主持人悻悻地：“……好吧，机会都是要争取的……”

随后主持人生硬地切换到了另一个话题：“听说你在《一站到底》PK 掉了一个北大博士，这怎么可能？！北大博士怎么可能被你一个快递哥 PK 掉哇？我们下期节目就要邀请一个北大教授讲 XX 主题，他好厉害的呀！你给我们解释解释。”

快递哥：“对呀，我们那一期《一站到底》，第一个就是你说的那个北大教授，他第一个问题就掉下去了——问中国最大的盆地是哪两个。”

主持人：“好像是塔里木盆地和……准噶尔盆地吧？”

快递哥："好像是，我也不太清楚，但我觉得这个教授，他在自己的领域肯定是很厉害的，这个问题刚好问的不是他的专业嘛。你说那个北大博士，要是问他的专业我肯定一道题也不会，对吧。但我 PK 掉他的那个问题刚好不是他的专业。"

好吧，还颇有胸怀。估计是个比较简单的题，对方一时口误吧，我想。

主持人点点头："那么是北大博士挑的你还是你挑的他？"

快递哥的语气中浮现出不易觉察的嘲讽："他挑的我呀！本来还有个小孩，被别人挑走了，就剩我这个快递哥最弱了，他就挑我了。"

等等，那个小孩是我家亲戚，快递哥，不料我俩还这般有缘。

主持人不服气："那北大博士到底败在啥问题上了？"

快递哥："那个问题其实没什么，就说一个清朝湖南的政治家，写过一本诗集叫啥啥啥。问这个政治家是谁？——太简单了，不就是曾国藩嘛。"

主持人惊呆了："——你还知道曾国藩的诗集？！"

快递哥："我当然不知道哇，但那是选择题，可以用排除法嘛！湖南的政治家我只知道两个人，毛泽东和曾国藩，但毛泽东不是清朝的嘛，那不就是曾国藩嘛！"

主持人喟然叹道："这排除法用得好哇……"

作为北大博士的校友，我有些物伤其类。

主持人不甘心智商就这样被洗刷，最后抓紧时间想找到优越感：“我有时候想想，你们挣得虽然多，但的确很辛苦哇！！尤其是这大冬天，很冷吧？！”

快递哥猝不及防明显掉进了坑里，开启了不怎么淡定的“祥林嫂”模式：“是呀，冬天骑三轮要穿很多嘛，可是一进写字楼，里面都开了暖气，一下子都汗透了，出来又冷。可是不穿那么多吧，骑三轮又冷。”

主持人得意了，开始高高在上：“你们应该发明一种衣服，很方便脱的，骑三轮就穿着，进写字楼就一脱！”

快递哥继续在坑里：“可是没人发明嘛……还有夏天的时候，一天要喝七八瓶水，我一开始又买不起那个水，就到厕所接自来水，或者问人家能不能在饮水机上接一点儿。”

主持人乘胜追击：“那有人拒绝你吗？”

快递哥不介意更 LOW 一点儿：“一般没有，但我一开始不好意思嘛，就到厕所去接。”

主持人：“唉，听了你的故事，过去我取快递时只简单地说‘谢谢’，现在我要对快递哥说：‘谢谢呀！辛苦了呀！要喝口水不？’”

快递哥完全陷进了坑中，整场谈话第一次激动了，大喊：“哎呀，你要是能这么说我们得太高兴了！！！”

主持人终于扳平，但有些愣：“你咋这么容易满足哇？”

快递哥：“是呀，本来我们递一个件儿挣一块钱，可如果你再能跟我说谢谢，我就觉得我挣得更多了！人在世上一个是挣钱嘛，再就是挣这种赞美或是鼓励，你说了谢谢，我不就觉得我多挣了嘛！多挣谁不高兴嘛……”

此后快递哥告诉了大家自己的微信公众号，他还搞了公益，就是给乡村学校捐图书馆，五千本书就可以建一个图书馆了。

快递哥：“我去了很多地方，觉得捐东西呀，捐钱嘛都不如捐书能够改变人，对吧……”

此刻，我是悲伤的，因为我已从知识、情怀和赚钱能力上，全方位地，输给了他！！

10.

不能结婚的女人

和所有人一样，我一直都在疑惑一个问题，那就是打着“我有一个朋友”旗号的那种文章，其作者和主角是不是朋友。

于我而言，就算我与我的朋友关系再近或再远，也是不敢写他（她）们的，因为我不能为了读者失去我的朋友。

所以，我宁愿选择虚构。

但你们认为我真的在虚构吗?

在我实习那年，遇到过一个奇女子，到现在还时时想起。

这要先从我实习的公司说起。那年我研二，突然被身边长辈施加压力，觉得自己要必须接触社会了，便手忙脚乱地应聘了一家广告公司。

公司不大，但处于上升期，从业者里面女人偏多，言辞也总是很刻薄。

只有一个女人除外。她是个小主管，做事情从容淡定，嘴角总是有着微微的笑意。我所在的这个总监直属的小组，虽然很受重视，但是也饱受折磨。

我很想转到她的小组去。

她的温柔不仅让同事们感到一丝宁静，连号称拼命三郎的女总监遇到她也能够流露出平和的笑意。

那一个个加班的日子，充斥着深夜白昼不分的喧嚣。为了隔绝总监的咆哮，我和其他小伙伴们总是戴着头戴式耳机，对着眼前的 Word 文档，循环播放着感人肺腑的旋律。这种仪式感可以让我笑对一个月只有三位数工资的实习补助单，幻想自己是来修行、来遁世、来普度众生的。

而这个淡淡微笑的女人，从来不戴耳机。她能够仪态从容地面对电脑，应对上级和下属的问题，接打客户电话，好像自己有一个真空罩，将整个大办公室的焦虑隔绝在外。

加班的日子，她老公会来接她。那是个非常高大英俊的男人。尽管我私心偏爱淡淡微笑的女人，也不得不承认，她先生配她绰绰有余。

有几次我有幸坐上了他们的车，他们将我带到地铁站。按说他们也是老夫老妻了，但说话慢声细语的，恩爱得简直不够真实。

不知不觉就到了下雨天。那年的北京没有雾霾，不过雨天在这个城市不论年月总是稀罕的。

我在公司旁边吃麦当劳躲雨，她也进来，等她老公。她老公的车堵在了路上。

于是我们聊天。

“我好羡慕你，整个公司我就觉得你的状态最好了。”我没头没脑地来了一句。反正我不过是个没有职位的实习生，毕业后也不想留在这个公司，就巴拉巴拉乱说一气。

“我才是羡慕你，你年轻，有无限的可能。”她感叹着，脸上忽然没有了淡淡微笑。

“可是我想先有一个满意的老公，再一起拯救世界。”说到这里，我忽然意识到为什么同学们都说我是结婚狂（笑）。

“没有。只是时间太久了，都不知道该不该结婚了。”她尴尬地说，眉头皱起，神情里有种幽深的痛苦。

我一口黑咖啡差点儿没喷出来：“你们还没有结婚？”

我有些懊悔自己的眼神不会掩藏，恰好扫过她眼角的鱼尾纹。她毋庸置疑形象不错，但也没有年轻人的饱满弹性，妥妥是已婚少妇的形象——我从没想到过她还未婚。

“没有哇。公司很多人都知道我们的事情，你不知道吗？”她反问我。

“不知道。”她这么说，我的一颗八卦心更是被撩得兴致满满。

莫非她是个情妇？莫非她男友劈过腿，于是她一直在纠结去与留？我开始无限联想。

“我们一直结不了婚。我男朋友大我十多岁，离过婚，有一个孩子。”她一口气说完。

“啊？”我回想她老公的样子，难以相信。

“看不出来吧？他看起来就像三十岁出头。我当时也是觉得他帅，所以都不介意这些。”她流露出一丝对往日的轻蔑态度，完全不似我印象中那种对感情状态很满意的感觉。

“可是这也不要紧吧，他毕竟离婚了呀。”我说。

“没错，我们并不是因为这个没结婚。当初我和他在一起时没想过和他结婚，所以压根没告诉家人。两年以后家里逼我相亲，我只好告诉父母自己交往了一个比我大十三岁，有一个五岁孩子的男人。那个孩子由他乡下的父母带，不影响我的生活。其实那时候告诉父母这些也没有很强的目的性，只是想试试看他们什么反应，能不能接受。

“没想到父母听了之后异常激烈地反对。他们坚决不肯让我年纪轻轻当后妈。回北京后，他们三天两头电话轰炸我，要我分手。甚至杀过来检查我们是否已同居。

“我被他们烦得不行，就骗他们说我们已经分手了。

“可是没消停两天，他们又开始给我介绍人相亲。于是我想了个聪明的办法。我把男友带回家了，但是给他换了个身份，称他是我的新男友。我身边有个好哥们儿，英国留学归来，在四大会计师事务所工作。我把他的背景经历全部复制下来，安在我现在的男友身上。

“父母看到他后，非常喜欢。他毕竟又高又帅，又有气质，一点儿也看不出来大我那么多。我父母认为他家庭条件优渥，还在外企工作，不仅对他特别好，还到处跟亲戚们宣扬炫耀。回北京后，父母在电话里一直催我们结婚。那两年，我真是为自己的机智得意得不行。”

我一边听一边笑：“亏你想得出来。”

这对父母，可真的是被耍得团团转哪。

“不过凡事都会有后患的。哪知道又过了两年，我们感情稳定，真的开始谈婚论嫁了。这个时候，我才觉得跟父母撒的谎有些大。如果这时候他们发现我们联手骗了他们这么多年，肯定会一下子对他印象崩塌。想到这些，我们只好又把这件事拖了下去。一拖就拖到了现在。”

“可这也不必吧，你父母毕竟很喜欢他，只要说清楚，恐怕一开始他们虽然难以接受，但是想想也能想通吧。”我说。

“绝对不可以。我太了解我父母了，我父母对他的喜爱里，只有对他长相那一部分是真的，剩下全是基于我对他身份的虚构。我男友的工作很不稳定，学历也没我高。就算他没有那么老，没有离异，也没有孩子，我父母都未必同意我们在一起，更何况我们还欺骗了他们。我太了解我父母的底线了！”

我：“事已至此，你们能不能继续隐瞒真相然后结婚？让他依旧以你那个朋友的身份？反正也不和父母生活在一起。”

她：“这个我们也想过，可是我连他的名字用的都是我那位好哥们儿的。他姓邱，可我父母一直叫他小李。你说，到时候我们婚礼的邀请函上怎么写？他的亲戚族人来了，难道集体改姓？”

我：“我去——你为啥连他名字也要改呢？”

她：“我第一次告诉父母他真实情况的时候说了他的名字嘛，所以这个名字就不能再用咯。换身份时一个是来不及想，一个是万一我父母去调查他的信息，只要查到名字就都万无一失。”

我点点头：“那可不可以，你们分开办婚礼？”

她：“那双方父母总要见面吧，到时候很多东西都会穿帮啊，我父母以为他父母是外交官，但其实他父亲只是个村支书。”

我很郁闷，一直自负聪明的我，一直以为世间大部分事情都是有解的，然而此时竟然想不出任何办法帮她。

我无力地问：“那你们打算怎么办？”

“走一步看一步吧，有时候我给了我父母很多暗示，希望引起他们的怀疑猜测，但是他们始终没有接收到这些暗示。人一旦想相信自己愿意相信的事情，就丝毫不会注意到那些破绽。”她说。

雨还在下，气氛沉默。

我突然灵机一动：“话说，你有没有考虑过你那位好哥们儿？既然他这么符合父母的条件，而且我认为男女之间没有纯友谊，那么也许你们也是可以在一起的？说实话，当后妈也许真的不太好呢。”

她哈哈一笑：“他的确不错，但形貌太娇小了，而且他是个gay。”

从那天起，我好像懂了，世界上很多事情好像根本无解。我那临毕业时想改造世界的雄心，好像自这一刻起就打了折扣。

一个月后，我离开了这家公司，开始写毕业论文。正式毕业后，我进入了一家大公司。

所谓的大公司，就是说公司的人员流动性非常大。人与人之间都不知道彼此叫什么名字，也没有知道的动力，因为就算这次记住了，你也未必会看到他下一次。有时候出差一个月，回来已经汰换了一大半面孔。

不久后我恋爱了，也有人在雨天接我。偶尔我回想起淡淡微笑的女人，不知她现在结婚了没有。

非常巧合的是，某个雨天，我在楼下咖啡厅等男友时，意外碰到了以前那个公司的一位小同事。她来谈合作的，没想到过了那么多年她还在那个公司。

说起留在那儿的老员工，也就自然说到了淡淡微笑的女人。她也还在。

我连忙问：“她结婚了吗，还是和那个男人分手了？”

小同事翻了一个大白眼，露出要吐槽极品的表情。

我：“怎么了？”

小同事：“他们没办法跟女方家长解释，所以还没有结。但是现在又有了新的问题。”

我：“什么问题？”

小同事：“还记得那个男人有个孩子吗？”

我：“记得，不是在乡下养着吗，怎么了？”

小同事：“他们把那孩子接到北京来一起生活。孩子刚上初中，最近早恋了。她教训那孩子，那孩子却反驳道——你还不是像我这么大时就生了我！”

我：“我去，啥情况？！那孩子怎么成她生的了？”

小同事：“孩子五岁那年，他们回乡下看他，为了让孩子感到母爱，就告诉孩子她是孩子的亲妈。”

我：“我去，也不想想，她那么小能生出来这孩子？”

小同事：“你听我说呀。这孩子懂事之后质问她为什么这么多年一直不来看自己，他们只好解释说妈妈是因为早恋，十五岁就生了他，家里人不原谅，所以一直不敢相认。鉴于她的年龄就在那儿，这谎可真是太圆了！结果没想到，现在这孩子早恋了，一说他他就振振有词地说，为什么我妈十五岁能生孩子，而我就不能早恋！给她气得一点儿辙也没有！！”

我无语凝噎。

这两个人，还要撒多少这些永远圆不了的谎……我听过很多奇葩的故事，也听过很多治愈的故事。

这种奇葩而又有那么点儿治愈的画风，让我每每想起又要笑又要忍着，百爪挠心，而面容却要平静。

只不过对于这熊孩子而言，淡淡笑容的女人一定是他上辈子折翼的天使吧。

祝他们早日结婚！

11. 坏长工与好长工

许多许多年前，太爷爷家和太外公家，都是做布匹生意的，只不过是在同省的不同县。

太爷爷就是我爸的爷爷，太外公就是我爸的外公。

太爷爷家的产业不小，据说宅院一边的院墙有一条街长，后院还有个戏台子。

而我的太外公家则是街上的富商，他出身微贱，从挑货郎担的学徒做起的，因为勤奋聪颖打动了东家的小姐，得小姐下嫁，继而开起了布铺。做到生意兴隆时，据说曾占有整个县百分之六十的市场。

这两个卖布的人家都有学徒，也就是长工。两个名字一般意思。做得好的，或许能像我太外公一样飞上枝头，或是能做个主管，做得不好，也就几年后自寻出路罢了。

太爷爷家有个长工，极其聪颖，却仗着自己聪明，很不上进。太爷爷没有放弃他，只是时时严苛对待，希望他有一日醒悟。太爷爷常对别人说，此人若是肯上进，定能出人头地。

可惜这坏长工并不能领会我太爷爷的一片苦心，相反对我太爷爷的严苛的训诫，总是记恨在心。这恨最后总算被太爷爷知道了。

某日，大院子晒布的时候，他指着那一地雪白雪白的缎子，用家乡话不屑地说："哼，晒尸衣！"

谁料太爷爷恰好经过，一巴掌就扇在了这坏长工的脸上，将这不知好歹的家伙赶出了家门。

而太外公家则有个出了名的好长工。太外公当年娶了东家小姐，做了老板后，没有忘记自己过去的苦日子，常常体恤下人，还经常赊账给顾客。他重视人品，便分外器重这位勤劳肯干的长工。虽说这位长工和我的奶奶没有重演上一代的喜剧，但我相信，只要假以时日，太外公的家业，一定有他的一部分。

不过，这个世界不会给你太多不变的时日。没多久，世道就变了。太爷爷和太外公的家产全都被没收。太爷爷家的宅院和太外公家的大屋都被拆分成了很多户。太外公家里，包括他们一家在内，一共住进了四户人家，而太爷爷家有戏台子的后院，后来竟变成了一所印刷厂。

太爷爷的长子，也就是我的爷爷此时已被分配到了我奶奶所在的县城工作。我的爷爷读了大学参加了革命，奶奶念了医专在城里当护士，本来各自有着阳光的前程，现下却因太爷爷和太外公的家业，都成了资本家的儿子和资本家的千金。

他们“门当户对”地结合了。

而我的爷爷奶奶与他们的子女，一大家子成分不好的人，在其后的几十年里，全靠爷爷曾 “参加革命”这一个不强不弱的理由，聊为荫庇。

可太爷爷和太外公，作为当事人，就没有任何的荫庇。

那一年，太爷爷夫妇离乡到新婚的爷爷奶奶处小住，也是为了避避风头。没多久，以为风头过去，便回了家乡。谁料一回去，三反五反就开始了。太爷爷首当其冲被抓入狱。

而太爷爷一向为人忠厚，在狱中便过得很是平安，也本不应有生命之忧。然而这一日，狱中要毙一个大地主，押了太爷爷等人去“陪斩”，也就是观看大地主的枪毙仪式。这位地主在枪下一命呜呼后，狱卒押着陪斩的太爷爷正要回狱里——这时候有个男声不以为然地说：“还押回去做什么，一块儿毙了呗！”

这位狱卒想来也十分懒惰，抑或是没有杀过瘾，想想再押回去也够麻烦的，就又将我太爷爷押回了刑场，“顺便”一块儿毙了。

这世上没有无缘无故的杀戮，那个男声，就是当年的坏长工发出的。

他怀恨多年，终得报偿。

我的太外公此时也被发配到另一乡间种地。日日夜夜，垦荒的他粒米未进，快要命绝于此。

当年他悉心栽培的好长工，在新的时代也成为了一名积极分子，凭借着良好的成分和自身才干，此时已经有了一官半职。

这一天，土坡上，快要饿死的太外公，看到了好长工的身影。

好长工不顾自己与他身份有别，暗地里避人耳目，带了一坛子东西来。太外公打开看，竟是一坛子肉！在那个年头，菜都没有，这一坛子肉也不知是怎么搞到的。

“你若是死在这里了，不怕，我定来给你收尸！” 他低声道。

要知道，那年头，没有人敢给地主收尸的。没有他，我太外公若是命丧于此，一定是和其他地主一样抛尸荒野，没有最后的体面。因此这一句“给你收尸”，竟然成为颇为振奋人心的鼓励。

太外公终于没有让他再冒一次被株连的险。吃光了那一坛子肉后，他不仅重获新生，而且仿佛获得了无穷无尽的力量，可以继续起身，挥舞锄头，直到整个运动结束，都再没有濒临死亡过。

而从毙完我太爷爷的刑场回来后，那个坏长工就病了，他在光天化日之下总能看到太爷爷的身影。最后他真的病了，患白喉而死。

父亲说，这就是因果报应，他就坏在一张嘴上，所以命里就要他死在喉病上。

这才算有几分大快人心。

太外公最后活到了九十多岁，无疾而终。

他年轻时走在城里，被日本人捅了肚子一刀，肠子都要流了，却还是活了下来。可见他是个福大命大之极的人。

当年下嫁给他的主人家的小姐，也就是我奶奶的母亲，却很是柔弱。在我奶奶少女时候，就病逝了。续弦的是一位更娇美的小姐，城里的两朵姊妹花之一。她那时非常年轻，后来又为太外公生了两女一男。

父亲每次对我形容姊妹花之美，总是用《陌上桑》里写秦罗敷的笔法：

两姊妹被批斗，拉着去游街。街上人听说，纷纷来看，站了一路。这哪里是看批斗，分明是羡慕。他们看着两姊妹走路的姿态，都不禁说：

这某某家的两位姑娘，可真是优雅。

——足可见当时人们的价值观，是很有些混乱的。

12. 贩卖军火的邻居

这家邻居搬走很多年了，但还是会时常在我脑海中出现，也真是有些奇怪。

他们是一家老北京的拆迁户，房子拆后买在了我家隔壁。女主人是个瘦弱的中年妇人，面色很晦暗，由于不上班而非常肤白，终日宠爱着两只蝴蝶犬。那年月总是流行那种犬，而我并不喜欢。我认为它们生而为狗却没有狗的诚恳，动作过于敏捷，头脑过于机灵了。

她家比我家要小上三十几平，但当我带着些许优越感去参观的时候，却被引发了一点儿小小的妒忌。她家的女儿是学广告设计的，因此设计了自己的空间，将自己的卧室隔出了一个会客区。那是个不大的空间，放着红色的沙发，用白色的木栅栏挡着暖气，颇有设计感，自成一片天地。我心中非常羡慕，因为我就没有想到给自己设计这样一个区域。那时我还是个初中生。

后来偶然在小区里碰到她家女儿，长得还不错，眼神有些俏丽。她有些拘谨，但还是礼貌地同我们打了个招呼。

他家的父亲是很少见到的，偶有见到就是他在上楼。中年男人上楼的样子大多是难看的，就如一块移动的铅，何况我们住在六楼，到了五楼以上的脸色就无法看了。因此我很少去看他究竟长什么样子。

终日开门就能见到的，还是那个瘦削的女主人。终日不上班也未能让她富态一些，她开门时总是抱一只狗牵一只狗，怀里的蝴蝶犬总是吐着舌头不停抖动，她太瘦了，我总怕她闪到骨架。

有一天，女主人同我们聊天，说女儿嫁了个商人，岁数可够大的，只比她爸小三岁。那人在非洲做生意，女儿跟到非洲去了。问起做什么生意，她说卫生纸厂，那边很落后，连卫生纸厂都需要中国人去建立，不过表面说是开卫生纸厂，实际上女婿是卖军火的，去年他们在那儿一年挣了一个亿。

“军火”和“一个亿”在我脑海中形成了一个小小的刺激回路，觉得有些不真实。

又没多久，他们被接到非洲度假了。他们家养了很多植物，高高低低如热带雨林，这段时日无法照看，因此都搬到我家养。

我们替他们浇了一个月水，那个最大最贵的树终究还是死了。我母亲因完全是按照她的要求操作的，也就没有太多的愧疚，把大小植物都给他们搬了回去。

作为感谢，他们给我们带回来了两个乌木书挡，犀牛样式的，那书架足足有很多斤，让我们非常不好意思。

同时我们第一次作为客人，在她家客厅吃水果，欣赏他们在非洲的照片。

原来非洲还是很好的，并不落后，他女婿家的房间很宽阔，有那种东南亚风情，浓郁热烈。

她家女儿在照片上比过去胖了一些，没有了那种拘谨，但感觉漂亮了很多。丈夫和父亲在一起的照片如一对好兄弟，也没有什么不和谐。

我对茶几上非洲带回来的杧果干欲罢不能，吃了很多，把每张照片都看了，有些还看了两遍。

又过了没多久，女主人说他们在我们小区新开的楼盘又买了一套房子，装修好后就要搬到新地方住了。走之前她问我们放在二楼的那辆十年没用过的女式自行车可否给他们带走。那辆车是我小时候我爸载过我上学的，然而我们没有理由拒绝，就送给了他们。

我们对门又搬进了新的人家。这两家人都很安静，就这样过渡得不知不觉。但很多时候，我觉得那个女主人和那两只狗还在那里。

我时常会想起这军火商人之家，事实上每隔几年在小区总还能偶遇这女主人和她的狗一次。然而又有什么证据表明他们这样的不凡呢?

唯有依然放在桌上的乌木犀牛书挡，那一晚杧果干导致的牙床疲惫，和印象依旧深刻的照片能大概指涉这一切。但假如他们只是再平凡不过的拆迁户，只是去非洲旅了个游而已呢？也许只是为了遮掩女儿嫁给老男人的遗憾而编造了这一切?

但这种假设也没有多少成立的可能，因为如果老男人不是贩卖军火的，她家的女儿又为何要嫁给一个老男人呢?

我之所以还要这样假设来假设去，大抵是因为我与我身边的人都太过于平凡了，一旦有个不平凡的人，就想反复证明一番，以百分之百地保证这是真的。

然后，在贫乏的生活中只要想到我家隔壁曾住着军火贩子，就会有种隐秘的激动感。如此而已。

/ 我的灵魂很严肃 /

唯一的担忧是，

我有着严肃的灵魂，

因此害怕和一个理科生无法产生灵魂的共鸣。

——《我的数学家男友》

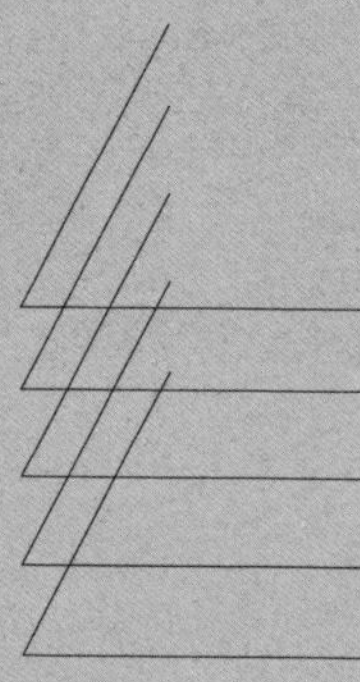

我认识一个姑娘，

也叫张小慧，

和你媳妇长得一样。

——《**两个张小慧**》

对于这熊孩子而言，

淡淡笑容的女人一定是他上辈子折翼的天使吧。

——《不能结婚的女人》

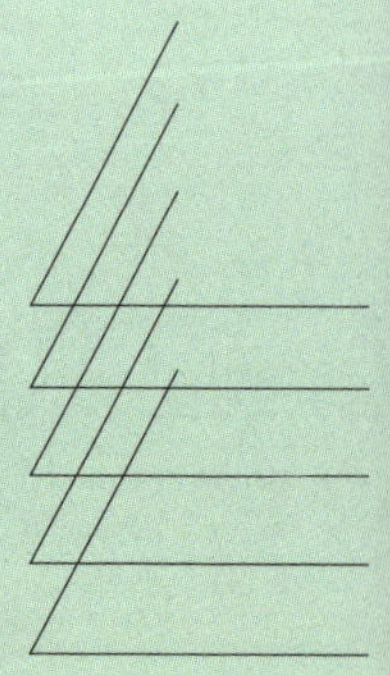

对于他们来讲，我们披戴着阳光，

而他们唯有披星戴月。

是什么让我们生而在他们之上？

莫非因为我们曾吃得苦中苦，故而为人上人吗？

——《年会上的作家》

13. 让我不敢辞职的前同事

日前，寒风正紧，冷意正隆，身边不少朋友再也没办法为打卡找到一个令自己心悦诚服的理由，于是来找我疏导情绪。

随即我就发现，找我疏导情绪是假，煽动我一起辞职才是真。我很难说自己没有动摇过。要知道我和她们一样原本才华横溢，如今在公司却过得比打卡机还没有存在感，这是十分令人悲伤的。

一片辞辞走走之声中，我想到了最近欧洲经济的萧条。思前想后，我决定不能让我们的国家步上他们的后尘。

不要以为我在替老板们担忧。我每天看着他们在四季酒店喝下午茶，觉得他们真应该在五号线地铁口就着北风品一杯菊花粥。

我比你们谁都想辞职，可是为什么一直没有辞呢？

——我不敢哪！

事情是这样的。

在同事小黄成为我的同事之前，和我并肩作战的是另一位勤勤恳恳的同事——小琪。小琪有一颗卤蛋般的脑袋和一颗金子般的心，还是一位青年作家和诗人。办公室里无论男女，都很喜欢和他做朋友。

而作为他同部门的战友，我感到与有荣焉，每天也会请教他各种问题。不过他擅长的并非乡土知识，而是一些男男、女女、男女关系的问题。对我提出的形形色色的问题，他总是知无不言，言无不尽。办公室还坐着很多其他部门的人，他们每天假装自己在认真工作，但其实都在认真听我和小琪的对话。

我以为日子就会这样静好下去。

其实小琪不止一次对我说过他要辞职了。但我都劝阻了他。毕竟这是一份稳定的工作。他家离公司只要步行十五分钟，就当来这里坐着创作也是一样。何况公司的名字也很好听，有利于他把到更多的妹子。小琪哥认为有道理。我曾经问小琪哥什么时候结婚，他表示婚姻很遥远，一定会在三十五岁之后。我感觉这答案很符合他的个性。

小琪还是一时难以按捺离职的冲动，永远离开了我们办公室。他走的那天，office 沸腾了。因为他的辞职表实在是很亮。

辞职理由一栏，赫然一笔一画认真地写着“寻找人生的真谛”。

也许你们要说，这不就是“世界那么大我想去看看”的翻版吗？了不起呀？

但问题是，那时还没有“世界那么大我想去看看”这个网红的理由。小琪哥，其实才是为情怀而辞职的鼻祖。

这导致几个月后“世界那么大我想去看看”这个新闻出来的时候，我觉得，有什么了不起的，翻版小琪而已呀。

不过，如果早知道小琪走了后小黄会成为我的下一位同事，也许我就不会遗憾了。小黄为我的职场生涯带来了一缕阳光，我感谢小琪的离去。

此后就很少见到小琪了，我们也为他担心着，江湖风雨，不知野外生活是不是有些精彩又有些心酸？

不过为数不多的见到他的时候，他都有新发展，至少租的工作室看起来越来越牛 B 了。

我和小黄吃饱中午饭思考人生的时候，总觉得小琪是我们的榜样——总有一天我们也要挣脱这里，租一间自己的工作室。我和小黄甚至为我们的工作室想好了一个名字。

——因为小琪的搭档叫作小石，所以他们的工作室叫作“Actually”。我问为什么，他说因为意思是“其实（琪石）”。我跪服。

为了向他们致敬，我和小黄决定叫我们的工作室 S2，因为我姓刘，她姓黄，合在一起就是“硫黄（S_2）”。

我们谈论着家鸡和野鸡，做着开工作室的美梦。

不久之后，office 再度炸裂。

——小琪在朋友圈上传了他的结婚证照！

什么？我对他说我想和男友结婚的时候他对我充满鄙视，此刻竟然捷足先登？！接下来的消息是，小琪要在年内做父亲了！

这真是令全办公室的人都感到非常困惑。

小黄因为工作的事情，去探望了小琪哥夫妇后，为我讲述了这一切的过程。听完她的讲述，我觉得这结局很令人信服。

起初，小琪哥和那位和他结婚的小妹子只是普通的业务关系，两个人聊完业务之后愉快地结伴去打车回家。

就在那一瞬间，一辆车轧过了路边的一只野猫。该猫的下半身顿时血肉模糊。

撞猫不用负刑事责任，司机自然是绝尘而去了。留下小琪哥和小妹子，呆呆地看着这一幕。

小琪哥一直有着金子般的心，他毫不犹豫地走上前去，抱起小猫，把它送到了医院。

小妹子责无旁贷地陪同他一起去了医院，为小猫手术。

这是个大手术，据说花了两万块。

小猫出院后，小妹子和小琪哥成为了它的共同抚养人。如很多美好的故事一样，他们在一起了。

无巧不成书，小妹子怀孕了。小琪哥勇敢地走入了婚姻。

“你说他们的孩子会叫什么？”我问小黄。

“真谛。”她说。

“啥？”我没听清楚。

“真谛。小琪哥临走时不是说要去寻找人生的真谛吗？”

——我被吓得够呛。联想这前因后果，我觉得还是承受不了那么大的生活变化。

于是至今不敢辞职。

“我在他们家看到了那只猫。它的两条后腿被轧烂了，变成了一只三条腿的猫。后面的两条腿合并成了一条。每天它就拖着下半身用前爪爬，很萌。”

“什么，这么吓人你还觉得萌？”我被吓到了。

“不会呀，看到它的时候，你就不会觉得吓人了。它真的很可爱。”小黄说。

14.

年会上的作家

有种眼红，叫作别人的年会。现金必是10W+，旅游必去美利坚，车子要送特斯拉。而自己却只能在席间紧紧捏着老板抛撒的一方薄薄红包，无人时悄悄打开一看——一百，不谢。

而去年我却有幸参加了一次别人的年会。这是家小影视公司，全部员工加上客人一共坐了三桌。不过毕竟是影视行业，所以列席的人大都颜值不低，整个气氛浮夸，也算不虚此行。我年纪轻轻被安排坐在了首桌，乃是与主人同乡的缘故。破天荒地，第一轮我就抽中了奖品，一时间合影留念，宾主尽欢。

然而左右都是长者，我极不自在。主人再三提点我，左首的那位是同乡文学前辈，曾获老舍文学奖，你们可多交流。而我素不爱恭维人，也不知如何与作家交流，便只是吃菜。席间聊完电影便开始聊上新三板了，我更加透明起来。

不过我发现左边的作家非常朴实。我每每夹菜，他总要让，若是自己夹完，也会提醒我夹，然后不再多一言。如此酒过三巡，一位英俊的青年编剧带着自己的模特女友前来敬酒。模特身材惹火模样诱人，主人起身带着酒意再三对青年编剧煽情地说道：“保护好她。保护好她。”

而我夹菜的视线刚好与她短裙的裙角相齐，我想，这样短的裙子，恐怕谁也保护不了她吧。

这场热闹的年会不知何时才结束，而菜也要吃完了。主人已经第三次对我提起“老舍文学奖”，也再三对作家言及了我编剧的身份。作为客套，我只好问了左首的作家：“毛老师，您最近在创作什么作品？”作家一愣，有些羞赧。

我有些困惑，您都是“老舍文学奖”得主了，谈起创作当是眉飞色舞的，怎么是这种羞惭的表情呢？

但作家还是克服了窘迫对我说：“我最近在写我的一天。写我卖鞋的那些事儿。”

我有些恍惚：“卖鞋？”素来民谣歌手爱扮落拓，而这又唱的哪一出？

作家：“我和你们不一样，我是底层人民。我的职业是卖鞋的。”

我只好生硬地接下去：“您在哪儿卖鞋？卖的什么鞋？”

作家：“就是最普通的鞋，我的店铺在前门那边。”

我：“呀，那里现在可是文化街呀。”

作家连连否认：“不是什么跟文化有关的，就是老百姓穿的鞋。我一直卖鞋，在老家就卖，已经几十年了。我写作也就写我们最底层的生活，最近我写的就是我们生意人的一天，从一早上进货写起，写到晚上关门，一分钟都不能歇的一天。”

在“新三板”的背景音乐里，我有些不是滋味，不知说什么，只得说了句：“听起来真有意思。”

作家立马兴奋起来，一下子绽放出一个作家应有的神采：“你真觉得有意思？太好了！有很多人说我写的东西不好看，没有阳光。看了心里难受，让我别写。”

他的神色又有些低落，变得严肃起来：“但我后来想明白了，对于有些人来说，他追求的是阳光、是欢乐。但对于我们底层人民来说，我们每天就是这样忙忙碌碌的，能活着就已经很不容易了。很多人一辈子的每一天就是像我写的这样，从早忙到黑——一辈子都是没有阳光的。”

我被这样的自述说愣了，接着提了一个俗套的问题：“那您是如何开始写作的呢？”

作家又得意起来（我发现他的情绪很天真，和小孩一样）：“我呀，高中的时候就喜欢写，我们老师很喜欢我的作文，他跟我说，我只要坚持五年，就一定能发表。我听了他的，一直坚持写作。不过，我用了三年就发表了（他笑得露出了牙）。后来我在老家开店总是被工商税务欺负，这个赶我那个赶我，我就干脆到了北京。本来想着武汉也能发展文学，但还是比不上北京。我就把鞋店搬到了北京。我想起我最难过的那个时期，生活无比艰难，那时候总是想起我死去的几个朋友，写了六个故事，叫《故人西辞》，这篇后来得了茅盾文学奖。《北京文学》的编辑很喜欢我的作品，他们跟我约稿，让我多写，可我写不出来，我必须要用生命写我的作品。我告诉你，我写的东西，全都是真事儿，一句假话也没有。编辑劝我虚构，让我多发表，赚稿费。我就不虚构，不是真事儿我不写。”

聊新三板的客人们都有些高了，互相吹擂得更欢。我却看到了一个快老的小老头儿的坚定。他其实并不是很老，但由于“底层人民”的操劳，他的模样已像个小老头儿了。

他说这话时两眼闪着清澈的光，看我像小孩遇到知己。这神色在霾都也真是少见了，或许真的因为这作家是底层人民吧。

我：“您的作品，在网上可以看到吗？”

作家：“在我邮箱里——你这个手机能上网吧？”

我：“可以。”

我没想到他还知道智能手机，挺潮。

作家指挥着我：“你进一下 163 的邮箱。”

我：“好。”

网络不太好，我好不容易打开 163 邮箱。

“密码是 0001234567！”他大声说。

我就这样进入了他的邮箱。

里面是他近来的作品，和编辑的回复。

“回去慢慢看！”他笑着说。

“毛老师，一会儿您怎么回去？”客人们东倒西歪，纷纷告退了，我想着此地离前门甚远，虽然绕路，我倒不妨驱车送一程。虽然我素来是很懒的。

“我很方便，我骑我进货的电动车来的，一会儿就回去了。”他欣快地说。

“天气这么冷，真的方便吗？”

“一点儿也不冷，我先走啦！”他高兴地离开了。

从那个晚上起，我对“底层人民”产生了无限好奇，也试图在我的祖辈中找到底层人民，但他们都还算不上。后来我想到了这样的标准，那就是他们是否有资格讨论生活的阳光。如果没有，那么他们就是底层人民，因为阳光不曾穿透上层人群抵达他们的领空。

对于他们来讲，我们披戴着阳光，而他们唯有披星戴月。是什么让我们生而在他们之上——莫非因为我们曾吃得苦中苦，故而为人上人吗？

后记

我的灵魂很严肃

作为一个普通的85后，和所有同龄人一样，大部分年少的时光都在读书学习，然后一不小心就成年了。

几年后，我又和所有同龄人一样，踏入了社会。

带着年少时的梦想，我仰望并幻想着山顶的无限风景，给自己加油打气、摇旗呐喊，只要每天都能进步一点点。

就在这大好的通往人生巅峰的道路上，我希望自己能多感受到身为一个成年人的压力、责任、沉重与孤独，这样我在功成名就的时候，也可以在发表获奖感言时做到言之有物。

只可惜生活变得毫无激情。

小时候考了满分，卷子会被贴上光荣榜让所有人膜拜。三好生奖学金纷至沓来。

成年后考了满分，还没高兴一秒就只见自己的卷子被写上了上司的名字，只见他点头哈腰地接受着所有人的膜拜，而我唯有做个隐者深藏功与名。

如果说成年是一种仪式的话，在社会上挨刀的那一刻，我终于有了一种成年的感觉。

挨刀之后，我的精神毋庸置疑是痛苦的，但我的灵魂却升天了。因为我学生时代不懂的那些人生道理，现在都知道在说什么了。

诚如这本书名所说的，我有一颗严肃的灵魂。我很爱揣摩那些人云亦云的道理的含义，也喜欢用自己的方法阐释一些事物背后的逻辑。

只不过在不远的过去，我的严肃给我带来的还只是一堆说不清的麻烦。

我的严肃，渗透在我生活的方方面面。

譬如当我的某位朋友开罪了我，我绝不会拂袖而去。我会在心里为对方寻找一个开罪我的合理理由。我会从对方的近况出发，一直分析到对方的童年阴影为止，直到以对方的某种潜意识或是五岁那年的某个心灵创伤来解释对我的行为才作罢。

完成了这一切后我就会没事儿一样继续和对方说话，对方也乐得我不找麻烦。久而久之我得到了一些美名，比如“迟钝”，或是具有“钝感力”。可殊不知，钝感如我早已把对方的前史庖丁解牛地梳理成了一本不能发表的禁书。

要是能发表，那也是学术成果呀，可惜只能收藏于我的内心深处。

又譬如，我无论年龄多大都无法控制地喜欢思考两个青涩的问题，一个是“这个宇宙的真相究竟是什么”，另一个是“人应该怎样度过自己这一生”。

这横跨本体论和伦理学的两大问题原本是高中生或刚入大学的年轻人

喜欢思考讨论并在实践中解决的问题，但如今却一直如同洗脑神曲一样在我三十岁的大脑中双曲循环着。

关于“宇宙真相”的那个问题，可能需要一些理论物理的基础，或是一些宗教修为，或是一些放肆的想象力来探讨。原本想想也不至于误人误己，但是想多了会造成的麻烦是，经常质疑我一切努力的意义，因为再多功名利禄在宇宙面前都渺小得不值一提。

而“人应该怎样度过自己这一生”的这个问题带来的麻烦则更多，我不仅经常思考自己应该怎样度过自己的一生，还喜欢替身边人思考对方应该怎样度过自己的一生。身边很多人的人生蓝图早就被我描绘好了，有的人的一生也早就被我在心里写成了一本精彩的小说。

只不过有些人尚且会给我这个机会向我征询意见，有些人则压根没有跟我交流的意思。但总之鲜有人会按着我的蓝图或小说的剧情发展下去，这时我不免要及时地在心里为他们修改人生路线，直至精疲力竭。

有时这故事类型的改变并非发生在他人身上，而是发生在我自己身上，问题就更加复杂。我需要重新设计自己这个主人公，使我的行为既满足故事类型，又要满足我灵魂深处的自尊。

这些思考给我带来的大多数的体验绝对谈不上舒服。因为首先问题的思考过程都有点儿长，其次往往没有唯一的正解，再次并没有人关心我思考过后的答案。

但是也偶尔有一些问题还真让我想出了答案，或者是发现这个思考过程其实很好笑，这时又会因为一些机缘巧合，我会用小说或记叙文的形式写下来。

2015年的冬天，挨了社会好多刀之后，我的几篇小故事意外地在豆瓣上“火”了，我第一次感到自己严肃的灵魂再也不需要掖着藏着了，我只要如实地吐露自己的所思所想所感，就会有人回复说过瘾、残酷、有趣、犀利……

我不再为自己的不潇洒、不风流、不快意所困，反而将这所有的不痛快都吐露成一个个小故事送给吃瓜群众。

我的这个故事集也就是这些年陆陆续续写就的心路历程。

故事集分为上下两部分，上部是“谜之世界”，主要写这个世界上奇怪的事儿，以及一些怪异的规则；下部是“谜之人物”，主要写这大千世界里的一些人，有身边的，也有根据大量真实经历虚构的。

而我写的不论人或事儿，背后都有那么一两个不解之谜，比如何以我家隔壁住着贩军火的邻居？何以我从不铺张的男朋友经常送我玫瑰？何以那个女人无法结婚？何以有人会曲意逢迎于毫无价值的我？何以鸡不捍卫自己的蛋？何以有人会不要钱多事少的工作？何以每个编剧都需要一个师傅？何以公司有那么多不可告人的秘密？何以阿尔勒的六月没有向日葵？

所幸在我的故事里，大部分的谜都解开了。

也有的留着一两个悬而未决的问题，需要等你来回答。

刘土呆

2017.5

图书在版编目（CIP）数据

我的灵魂很严肃 / 刘土呆著 . — 长沙：湖南文艺出版社，2017.8
ISBN 978-7-5404-8203-9

Ⅰ . ①我… Ⅱ . ①刘… Ⅲ . ①中国文学 — 当代文学 — 作品综合集 Ⅳ . ① I217.2

中国版本图书馆 CIP 数据核字（2017）第 158077 号

上架建议：畅销 • 故事集

WO DE LINGHUN HEN YANSU
我的灵魂很严肃

作　　者：刘土呆
出 版 人：曾赛丰
责任编辑：薛　健　刘诗哲
监　　制：蔡明菲
策划编辑：邢越超　张思北
特约编辑：李乐娟
营销支持：李　群　张锦涵　姚长杰
版式设计：潘雪琴
插　　图：苏小泡
封面设计：仙境设计
出版发行：湖南文艺出版社
（长沙市雨花区东二环一段 508 号　邮编：410014）
网　　址：www.hnwy.net
印　　刷：三河市中晟雅豪印务有限公司
经　　销：新华书店
开　　本：880mm × 1270mm　1/32
字　　数：206 千字
印　　张：9
版　　次：2017 年 8 月第 1 版
印　　次：2017 年 8 月第 1 次印刷
书　　号：ISBN 978-7-5404-8203-9
定　　价：39.80 元

质量监督电话：010-59096394
团购电话：010-59320018